매일 아침 감동과 변화를 주는 향기로운 지혜의 선물

내게 아직
남아있는것들

혼자 간직하기에는

너무도 소중한 지혜들을

_____ 님과

함께 나누고 싶습니다.

내게 아직 남아있는 것들

초판 1쇄 펴낸날_2012년 06월 20일
지은이_이충호

펴낸이_이종근
펴낸곳_도서출판 하늘아래
등록번호_제300-2006-23호
주소_서울특별시 도봉구 쌍문2동 598번지 2층
전화_02 374 3531
팩스_02 374 3532
E-mail : haneulbook@naver.com

ISBN 978-89-89897-56-9 03810

매일 아침 감동과 변화를 주는 향기로운 지혜의 선물

내게 아직
남아있는 것들

이충호 지음

머리말

인생에는 연습이 없습니다. 잘못 살았다고 다시 살아 볼 수도 없습니다. 단 한 번밖에 주어지지 않는 인생이기에 우리는 인생을 보다 보람있고 충실하게 살아가야 합니다.

인생을 보람있고 충실하게 살아가려면 무엇보다도 밝은 지혜가 있어야 합니다. 이 지혜는 경험을 통해서 얻어지는 것이지만, 짧은 인생을 살면서 모든 것을 경험한다는 것은 사실상 불가능합니다. 그래서 우리는 우리보다 먼저 세상을 살아 본 선배들이 뜻을 세우고 고난을 겪으며 쌓아 온 빼어난 삶의 지혜를 빌리는 수밖에 없습니다.

이 책에 나오는 이야기들은 곧 인생 선배들의 인생 경험담일 수도 있고, 또 인생 성공담일 수도 있습니다. 우리는 그들에 의해 축적된 이 알찬 지혜와 경륜을 책을 통해 간접적으로 경험하고, 그 속에서 배우며 이를 내 것으로 만들어 가야 합니다.

이 책에는 가볍게 읽을 수 있는 짧은 얘기들이 실려 있지만, 그 속에는 간과할 수 없는 인생 선배들의 성공적인 삶의 지혜가 될 만한 가르침들이 담겨 있습니다. 혼자 간직하기에는 너무도 소중한 가르침들이기에 이 지혜들을 모두와 나누고자 합니다.

이 책을 읽고 단 한 가지라도 공감되는 것이 있어 삶에 보탬이 된다면 더 바랄 것이 없겠습니다. 아무쪼록 이 책의 내용들이 보람 있고 성공적인 인생을 살기를 바라는 사람들에게 마음의 양식이 되었으면 하는 바람입니다.

이 충 호

차 례

3. 발상의 전환

4. 성공의 조건

5. 더불어 사는 길

6. 지혜로운 삶

1. 아름다운 삶

어둠 속의 얼굴

....

　맹인가수로 성장한 입양아가 있었습니다. 그녀는 어릴 때 고아원에서 자라다 어느 인정 많은 양부모에게 입양되었습니다. 그녀의 이름은 클로디어. 그녀의 친어머니는 남편이 한국전쟁에 참전했다가 전사하자 딸을 보살필 수가 없어서 고아원에 맡겼습니다.

　어머니는 외동딸을 떠나보낸 것을 줄곧 슬퍼하였습니다. 후회와 그리움 끝에 최근 2-3년 동안 그 딸을 찾아 나섰으나 너무 많은 시간이 흐른 탓인지 찾을 길이 막막했습니다. 그러다가 고아원에 있을 때 성악 교육을 받았다는 기록을 보고 혹시나 해서 가수 명단을 뒤진 끝에 로스앤젤레스의 어느 나이트클럽에서 노래를 부르고 있다는 사실을 알게 되었습니다. 마침내 어머니는 딸의 소재를 찾아 내었습니다. 그러나 어머니가 그토록 보고 싶어하는 딸 클로디어는 '자신이 눈이 멀자 거추장스러워 자신을 버렸다'는 원망을 품고 한사코 생모를 만나는 것을 거부하였습니다.

"내가 엄마를 가장 필요로 할 때, 엄마는 날 버렸어요. 앞을
못 보는 딸이 거추장스러웠던 거죠. 그런데 이제 와서 엄
마를 용서해 주라고요?"

"하지만 클로디어, 생각해 보렴. 네 친어머니에게도 나름대
로 사정이 있지 않았겠니? 하고 싶은 말도 있다고 하시니
한번쯤 만나 어머니의 소원을 들어 드리는 것도 좋지 않겠
니?"

그래서 '딱 한 번뿐'이라는 약속을 하고 클로디어는 어머
니 앞에 서게 되었습니다. 앞이 보이지 않는 클로디어는 복
잡한 심정이었지만, 떨리는 목소리로 어머니에게 먼저 말을
건넸습니다.

"······ 안녕하세요?"

그러자 어둠 속 저 멀리에서 어머니의 더듬거리는 대답
이 들렸습니다.

"그래······, 몇 년 만이지? 네 목소리는 예전과 조금도 다르
지 않구나."

꾹 참으려 했던 클로디어는 북받치는 분노에 더 이상 참
지 못하고 울먹이는 소리로 외쳤습니다.

"이제 와서 무슨 이유로 절 찾은 거죠? 그만두세요!"

"아가, 이리 온. 널 찬찬히 보고 싶구나."

그리고는 클로디어의 어깨에 손을 얹더니 떨리는 손이 딸의 얼굴로 올라갔습니다. 그리곤 부드러운 손으로 여기저기 재빠르게 얼굴을 더듬었습니다. 클로디어는 대낮임에도 불구하고 어둠 속을 헤매는 듯한 어머니의 손놀림에서 가슴이 철렁 내려앉는 아픔이 느껴졌습니다. 어머니는 떨리는 손을 거두고 다정하게 말했습니다.

"어쩜, 아주 많이 컸구나, 게다가 이렇게 예뻐지고⋯⋯."

클로디어는 마침내 떨리며 더듬거리는 어머니의 손이 무엇을 말하는지 알 수 있었습니다. 그녀는 결국 머뭇거리며 자신의 얼굴을 더듬는 어머니의 손을 부여잡으며 와락 울음을 터뜨렸습니다.

"엄마도⋯⋯, 엄마도 눈이⋯⋯."

"그래, 안 보인단다. 그렇지만 내 딸이라면 세상 어디서 만나든 꼭 알아볼 수 있을 거라고 생각하고 있었지."

"아, 엄마가 앞을 못 보는 줄 알았더라면⋯⋯, 날 버렸다고 엄마를 이렇게 원망하며 살진 않았을 거예요."

그렇습니다. 어머니도 앞이 보이지 않았던 것입니다. 그리고 오랜 세월 원망의 대상이었던 어머니의 품속에서 회한의 눈물을 흘리며 클로디어는 미망인의 몸으로 시력을 잃어가는 어린 딸의 보호자가 되기를 포기한 어머니의 마음이 자신을 향한 깊은 사랑에서 비롯된 것임을 오랜 세월 원망 끝에 비로소 이해하게 된 것입니다.

■ 지상에서 가장 아름답고 순수한 사랑은 어머니의 사랑입니다. 어머니의 사랑을 말한다면 누구나 자식에 대한 헌신이나 자기희생적 사랑을 떠올리게 됩니다. 그것은 자식에 대한 어머니의 사랑이 무조건적이고 절대적인 것이기 때문입니다.

그러나 어머니의 사랑이 꼭 그런 것만은 아닙니다. 자식에 대한 깊은 사랑은 자식을 위해 자식에 대한 사랑을 포기해야 하는 모진 아픔을 감수하는 경우도 있는 것입니다.

맥카리스터의 기적

　미국 동해안 메릴랜드에서 병원을 개업하여 살고 있는 맥카리스터 박사는 그의 아내와 함께 행복하게 살고 있었습니다. 그런데 어느 날 갑자기 그토록 사랑하던 아내가 세상을 떠나게 되었습니다. 자신이 의사이면서 손도 써 보지 못하고 아내를 잃게 된 그는 심한 자책감과 우울증에 빠지게 되었고 그것이 더욱 심화되어 결국 중풍과 같은 증세로 발전하여 몸마저 자유롭게 쓰지 못하는 지경에 이르고 말았습니다.

　그는 점점 아무 말도 하지 않고 기회만 있으면 자살을 꾀하려 했습니다. 그래서 여러 해 동안 세 명의 간호사가 교대로 늘 그의 곁에서 지켜보아야만 했습니다. 맥카리스터는 그것이 몹시 못마땅하여 그럴수록 더욱 자살할 기회를 찾으려 애썼습니다. 그는 늘 휠체어에 의지해야 지낼 수 있었고, 잠자리도 남의 손에 의지해야 했으며 음식마저도 억지로 먹여야 하는 형편에 이르게 되었습니다.

그는 자신이 이런 모양으로 살아가는 것이 죽는 것보다 더 싫었습니다. 그래서 자신을 감시하는 세 간호사를 더욱 미워하게 되었습니다.

어느 해 여름, 그는 자신의 생을 마감할 그럴듯한 계획을 세웠습니다. '해변에 가보고 싶다', '높은 절벽 위에서 끝없이 펼쳐진 수평선을 보고 싶다'며 간호사를 설득했습니다. 마침내 해변에 이른 그는 평온하고 즐거운 척 가장하여 간호사들을 안심시키며 바다에 나가 수영을 하라고 말했습니다.

간호사들은 아무런 의심도 하지 않고 그를 휠체어에 남겨 두고 물 속에 뛰어들어 수영을 즐겼습니다. 사실 그는 간호사의 눈길이 멀어지기만 하면 절벽에서 뛰어내릴 계획이었습니다.

바로 그 때, 비명소리가 들렸습니다. 간호사 한 사람이 물 속에서 쥐가 나, 파도 속으로 빠져 들어가는 것이었습니다.

그런데 예상치 못한 기적이 일어났습니다. 맥카리스터가 조금도 주저함 없이 휠체어에서 일어나 바다로 뛰어든 것입니다. 사람들은 용감한 구조원이 시원스럽게 헤엄쳐 들어가 아가씨를 구조하는 광경을 감탄하며 구경했습니다. 순식간에 그는 간호사를 구해냈습니다. 더욱 놀라운 사실은 그가 그토록 미워하던 간호사를 구하려고 바다에 뛰어든 순간에 맥카리스터의 우울증과 마비 증세는 말끔히 사라졌다는 것입니다. 그는 간호사를 구하려는 의지에 의해 간호사를 구하고 자신을 괴롭히던 오랜 고통의 마음과 시들어가던 마비를 이겨내는 힘을 얻은 순간이었습니다.

이것이 바로 파도를 이기는 사랑의 힘입니다. 어쩌면 그는 의사라는 직업적 본능으로 간호사를 구했는지도 모릅니다. 그러나 그는 간호사를 살렸다기 보다는 자기 자신을 살린 것입니다. 사랑은 이렇듯 인간을 변화시키는 역동적인 힘입니다.

■ 사랑은 흔히 남녀 간의 사랑에서 볼 수 있는 아름다운 정서와 감미로운 감정이라고 말합니다. 그것이 사랑의 일반적인 통념입니다. 그러나 탁월한 정신분석학자인 에리히 프롬에 의하면 사랑은 단순히 로맨틱한 감정이라기보다는 오히려 인간의 창조적이고 역동적인 힘으로 파악했습니다. 인간생활과 존재에 큰 변화를 일으키는 힘은 바로 이 역동적인 사랑의 힘에서 나온다는 것입니다.

4년 만의 귀향

미국의 남쪽 플로리다 주에 아름답기로 유명한 포트 라우더데일이라는 해변이 있습니다. 이곳으로 바캉스를 떠나는 한 무리의 젊은 남녀들은 버스여행이 주는 기쁨과 들뜬 흥분 때문에 줄곧 떠들썩했습니다. 그러나 그들도 밤낮으로 달리는 장거리 여행에 지친 탓인지 조금씩 조용해지더니 하나둘 잠에 빠졌습니다.

그 젊은 일행 중 한 처녀는 앞자리에 앉아 있는 한 사나이에게 관심을 쏟지 않을 수 없었습니다. 허술한 옷을 걸친 차림새에 덥수룩한 수염을 하고 시종일관 굳게 닫힌 입술을 하고 앞만 응시하고 있는 중년의 사나이. 대체 무엇을 하는 사람일까?

처녀는 마침내 입을 열어 말을 붙여 보았으나 이내 말 붙인 사람이 무안하리만큼 짧은 대답만 할 뿐, 다시 그 사나이는 무거운 침묵에 잠겼습니다. 그래도 집요하게 질문을 하는 처녀의 호기심에 손을 들었다는 듯 그 사나이는 괴로운 표정으로 입을 열었습니다.

이 남자의 이름은 빙고. 지난 4년 동안 뉴욕의 교도소에서 죄수 생활을 하다가 집으로 돌아가는 길이라는 것이었습니다.

"사실은 지난주에 가석방 결정이 확실해지자 나는 고향에 있는 아내에게 편지를 보냈소. 고향의 마을 어귀에는 커다란 참나무가 한 그루 서 있다오. 나는 아내에게 용서를 빌며 나를 다시 받아들일 생각이 있다면 그 참나무에 노란 손수건을 걸어 두라고 편지를 썼소. 만일 노란 손수건이 참나무에 걸려 있다면 나는 버스에서 내려 그리운 고향과 아내에게 돌아갈 테지만, 참나무에 손수건이 걸리지 않았다면 재혼을 하거나 나를 받아들일 생각이 없는 것으로 알고 그냥 버스를 타고 멀리 가 버릴 작정이오."

자초지종을 알게 된 처녀와 그 일행은 깜짝 놀랐습니다. 그리고 잠시 후에 벌어질 광경에 대해 큰 호기심을 가지고 마치 자기의 일이라도 된 듯, 흥분에 들떠 상상의 나래를 폈습니다. 버스가 계속 달려 참나무가 서 있는 부른스위크에 가까워질수록 버스 안은 나지막한 속삭임과 기대에 찬 설렘의 공기가 흘렀습니다.

그때였습니다. 갑자기 젊은이들의 입에서 함성이 터지자 승객들은 너나 할 것 없이 자리를 박차고 일어나 박수를 치며 소리를 질렀습니다. 그때까지도 침묵을 지키는 사람은 오직 빙고 한 사람뿐이었습니다. 그는 멍하니 넋을 잃은 사람처럼 차창 밖으로 아득히 보이는 참나무에 시선을 고정시키고 있었습니다.

나무는, 그 참나무는 온통 노란 손수건의 물결로 뒤덮여 있었습니다. 20개, 30개, 아니 노란 손수건 수백 개가 바람 속에 환한 웃음처럼 손을 흔들며 물결치고 있었습니다.

한순간 잘못을 저지른 과거를 용서해 주고 고달픈 세월을 참고 견디며 기다려 준 아내, 사랑이 있는 곳에 용서가 있고 평화가 있습니다. 병든 마음을 치유하는 묘약은 사랑의 힘뿐입니다. 사랑에는 인간을 인간답게 만드는 놀라운 힘이 담겨 있습니다. 사랑은 불행한 사람을 행복하게 만들고 병들고 닳아빠진 사람을 건강하고 새로운 사람으로 거듭나게 합니다.

어린 피아니스트의 눈물

교향곡의 창시자로 불리는 헝가리의 작곡가인 프란츠 리스트가 독일의 시골을 여행하고 있었습니다. 어느 마을에 이르니 그 마을 극장에서 음악회가 열린다고 떠들썩한 분위기였습니다. 그런데 연주회를 갖는 소녀 피아니스트가 자신의 제자라는 것이었습니다. 리스트는 기억을 더듬어 보았지만 소녀의 이름이 너무나 낯선 이름이라 이상하게 생각하며 호텔로 갔습니다. 호텔의 안내원이 리스트를 반갑게 맞으며 말했습니다.

"선생님께서는 제자의 연주회에 초대를 받으신 거군요. 저희 호텔에 모시게 되어 영광입니다."

얼마 지나지 않아, 그 마을에는 유명한 음악가 리스트 선생이 왔다는 소문이 퍼지게 되었습니다. 그러자 가장 놀란 사람은 바로 연주회를 갖는 소녀 피아니스트였습니다. 사실 그녀는 리스트의 제자가 아니었습니다. 양심의 가책과 함께 난처해진 그녀는 마침내 굳은 결심을 하고 리스트를 찾아가 떨리는 마음으로 방문 앞에 섰습니다.

"들어오시오. 그런데 당신은 누구시오?"

"내일 밤 연주회를 갖는 피아니스트입니다."

"그런데 무슨 일로 나를 찾아왔나요?"

"선생님, 용서해 주세요. 저는 선생님께 큰 죄를 지었습니다."

소녀는 리스트 앞에 엎드려 흐느껴 울었습니다. 그 까닭을 알 수 없는 리스트는 그저 어리둥절하기만 했습니다. 소녀는 리스트에게 자초지종을 말했습니다. 병든 아버지와 어린 동생을 먹여 살리기 위해 그녀는 시골 구석구석을 돌아다니며 연주를 했지만 이름 없는 음악가의 연주를 들으러 오는 사람은 아무도 없었다는 것입니다. 그래서 나쁜 일인지 잘 알고 있었지만 자신이 리스트의 제자라고 거짓 선전을 하며 연주를 해 왔다는 것이었습니다.

소녀가 이야기를 마치고 흐느끼는 동안 리스트는 잠시 생각에 잠기더니 이렇게 말했습니다.

"아무 걱정 마시오. 그대만 괜찮다면 이 시간부터 그대를 진짜 내 제자로 받아 줄 생각이오. 병든 아버지와 어린 동생을 위해 자신을 희생하는 제자를 둔다면 오히려 내가 자랑스러운 일이 아니겠소? 그건 그렇고 내일 프로그램을 아직 만들지 않았다면 거기에 스승인 리스트와 함께 연주할 것이라고 넣어 주지 않겠소? 그리고 시간이 얼마 없으니 내일 연주를 위해 지금 당장 함께 연습을 해 봅시다."

"선생님, 고맙습니다. 정말 고맙습니다."

세상에 이렇게 너그러운 분이 있다는 것이 소녀는 믿어지지 않았습니다. 두 뺨에 흐르는 눈물을 닦지도 못한 채 존경하는 진짜 선생님을 한 없이 우러러 보았습니다. 물론 그 다음날 연주회가 그 어느 때보다 성공적으로 진행되었음은 더 말할 필요도 없을 것입니다.

■ 사람의 그릇을 크게 하는 것은 사랑과 관용과 타인에 대한 배려입니다. 남을 이해하고 남의 입장을 헤아려 주는 사람이 큰 사람이며 너그러운 사람입니다. 너그러움은 큰 사람의 도량이자, 교양인의 덕입니다.

채근담에 '생각이 너그럽고 두터운 사람은 봄바람이 만물을 따뜻하게 자라게 하는 것과 같으니 이를 만나면 살아난다'고 했습니다. 봄바람 같은 너그러운 스승의 이야기가 우리들의 마음을 흐뭇하게 합니다.

사랑바이러스

실업자 돈리는 추운 겨울에 갑작스레 직업을 잃게 되어 죽기보다 싫어하는 구걸을 할 수밖에 없었습니다. 그는 어느 고급 식당 앞에서 한 쌍의 부부에게 동정을 구했습니다.

"미안하지만 잔돈이 없소."

남자는 매정하게 딱 잘라 거절했습니다. 그때 그의 아내는 남편이 퉁명스럽게 거절하는 것을 보고 어떻게 거리에서 굶주려 떨고 있는 사람을 두고 우리만 식사를 할 수 있느냐며 주머니에서 돈을 꺼냈습니다.

"여기 1달러가 있어요. 음식을 사 먹고 기운을 차리세요. 그리고 빨리 직장을 구하길 바라겠어요."

1달러를 받은 돈리가 50센트로 빵을 사서 거리에서 허기진 배를 채우고 있을 때, 옆에서 자신을 한없이 부러운 눈으로 쳐다보고 있는 한 노인을 보았습니다. 그래서 그는 나머지 50센트를 꺼내 노인에게 빵을 사 주었습니다. 그런데 노인은 빵을 조금 떼어 먹더니 나머지를 종이에 싸고 있었습니다.

"혹시 나중에 드시려고 싸 가지고 가는 것인가요?"

"아니라오. 저기 길 가에 신문팔이 꼬마가 굶고 있는데 그
녀석에게 나누어 주려고 그러오."

두 사람은 먹던 빵 조각을 가지고 그 아이에게 갔습니다.
두 사람이 빵을 건네자 아이는 허겁지겁 빵을 먹어 치웠습
니다. 그때 길 잃은 개 한 마리가 다가왔습니다. 그 아이는
나머지 빵 조각을 가엾은 개에게 나누어 주었습니다. 그리
고 기운을 차린 아이는 신문을 팔기 위해, 노인은 일감을 찾
기 위해 길을 나섰습니다.

'나도 이렇게 있을 수만은 없지.'

돈리는 길 잃은 개의 목에서 주소를 발견하고는 개 주인
에게 개를 돌려주었습니다. 개를 돌려받은 주인은 너무 고
마운 나머지 10달러의 사례금을 주며 이렇게 말했습니다.

"당신 같은 양심적인 사람을 내 회사에 고용하고 싶소. 내
일 나를 찾아 와주지 않겠소?"

돈리는 비로소 그 작은 빵 속에 담겨 있는 '받는 것보다
더 큰 주는 행복'을 실감할 수 있었습니다. 비록 작은 사랑

의 마음이지만, 이 마음을 서로에게 나눌 때 사랑은 더욱 커져서 나중에 내게 돌아올 때는 처음보다 훨씬 커진 사랑으로 돌아오는 법입니다.

■ 예수는 '주어라. 그러면 받을 것이니, 너희에게 누르고 흔들어 넘치게 부어주실 것이다. 너희가 남에게 주는 것만큼 돌려받을 것이다' 라고 했습니다. 있을 때 많이 나누어 주어야, 없을 때 남의 도움을 받을 수 있는 것입니다.
주고 받는 것은 사랑을 나누는 행위이며 인생의 가장 아름다운 보상작용입니다. 남을 돕거나 남에게 나누어 줄 때 우리는 기쁨과 만족감을 느낍니다. 그것은 이웃사랑을 통해서만 얻을 수 있는 값진 보수이자 대가이기 때문입니다.

기도하는 손

알브레히트 뒤러는 어려서부터 그림 그리는 재능이 뛰어났습니다. 그래서 유명한 화가를 스승으로 삼고자 도시로 나왔습니다. 그 도시에서 그는 자신과 같은 생각으로 고향을 떠난 젊은이를 만나 둘은 아주 절친한 친구가 되었습니다. 그러나 그 둘은 모두 가난했기에 그림공부와 생계를 함께 유지하기가 힘들었습니다. 결국 둘은 의논 끝에 서로 번갈아 생계를 책임지기로 하고 그림공부를 계속하자는 약속을 했습니다.

"내가 먼저 일을 할 테니, 네가 그림공부를 하도록 해."

"아냐, 그럴 수는 없어. 내가 먼저 일을 하도록 할게."

두 친구는 서로 미루며 양보하다가 결국 알브레히트가 먼저 그림공부를 하기로 했습니다. 어려운 환경 속에서 열심히 노력한 결과 마침내 알브레히트는 유명한 화가가 되어 성대한 전시회를 갖게 되었습니다. 물론 그간 생활을 책임지던 친구도 전시장을 찾아왔습니다. 그런데 친구의 손을 잡은 알브레히트는 그간 힘든 노동으로 손가락이 휘고 굳어져 친구가 더 이상 그림을 그릴 수 없게 된 것을 알고는 고마움과 미안함으로 깊은 슬픔에 잠겼습니다.

그러던 어느 날, 여느 때처럼 일을 마치고 집에 돌아온 친구가 그 마디지고 거친 두 손을 마주잡고 경건히 기도하는 모습을 보게 되었습니다. 순간 알브레히트는 너무나 벅찬 감동을 느꼈습니다.

'아, 저 손을 그리고 싶다! 내가 친구에게 늘 감사하듯 온 세상에 감사하는 마음을 그림에 담아 보여 주자.'

이렇게 해서 탄생한 그림이 '기도하는 손' 입니다. 그리하여 오늘날 온 세상에 그 그림이 널리 알려지게 되었습니다.

서양에 '기도하는 손' 에 얽힌 우정어린 이야기가 있다면 동양에는 '관포지교' 라는 이야기가 있습니다. '관포지교(管鮑之交)' 는 중국 춘추시대 제나라의 관중(管仲)과 포숙아(鮑叔牙)라는 두 친구 사이에 얽힌 고사입니다.

두 사람은 젊었을 때부터 아주 가까운, 둘도 없는 친구 사이였습니다. 친구 관중이 자기의 상전인 환공에게 반역죄를 지어 잡혀 오자 포숙아는 탄원을 하여 관중의 목숨을 구해 주었습니다. 뿐만 아니라 포숙아는 관중의 인물됨을 알고 그를 자기 대신 재상의 자리에 천거하기도 했습니다.

보통사람 같았으면 목숨까지는 살려낸다 하더라도 정치적인 경쟁자로 오히려 견제했을지도 모릅니다. 그러나 포숙아는 관중을 믿고 천거하여 그를 역사적인 인물로 만들었던 것입니다.

관중이 재상이 된 후에 포숙아는 그의 밑에서 일을 하여, 마침내 관중이 조그마한 제나라를 최대의 강국으로 이끄는 위업을 달성하게 했습니다. 훗날 관중은 '나를 낳아주신 것은 부모님이지만, 나를 알아준 것은 포숙아다' 라며 깊은 우정을 고백했습니다.

■ 우리는 단순히 '우정' 이라고 하면 신의가 있다거나 기쁜 일이나 슬픈 일을 함께 하는 동반자로 생각하기 쉽습니다. 그러나 혈연이나 이해득실을 떠나 인간 대 인간으로 희생하기는 참 쉽지가 않습니다. 만인의 칭송을 받는 일들은 쉬운 일이 아니기에 그 가치가 빛나는 것인지도 모릅니다. 하지만 친구가 나를 알아주기를 바라기에 앞서 먼저 친구의 장점을 찾고 이해하려 애쓴다면 오래도록 고귀하게 빛나는 우정도 그리 어려운 것만은 아닌 것 같습니다.

선한 사람의 마을

어느 해인가 서울 명동성당의 성 바오로 수도원에서 70세가 넘어 보이는 늙은 거지 한 사람이 가톨릭계에서 수여하는 가톨릭 대상을 받은 일이 있었습니다. 그 수상자는 최경락 씨였습니다. 비록 거지로 살아왔지만 아무도 그를 거지라고 업신여기지 못합니다. 그는 이 세상 어떤 사람들보다 사랑을 실천하며 사는 마음이 아주 부유한 사람이기 때문입니다.

그는 일제강점기 때 징용으로 외국에 끌려갔다가 귀국한 후, 충북 음성군 금왕면 변두리의 다리 밑으로 흘러들게 되었습니다. 비록 그 자신도 징용에서 당한 폭행으로 몸이 성치 않았지만 다리 밑에서 모여 사는 절름발이, 장님 등 자기보다 불행한 걸인들을 위해 35년 동안이나 동냥밥을 얻어다 먹이고 병수발을 해 왔습니다.

'얻어 먹을 수 있는 힘만 있어도 얻어 먹을 수 없는 사람들을 도울 수 있다'는 의지로 자기보다 불행한 사람들의 보호자 노릇을 해 왔던 것입니다. 참으로 거룩한 인간애가 아닐 수 없습니다. 1976년 이 마을 천주교회에 부임한 오웅진 신부는 이 위대한 걸인의 모습에서 큰 충격과 감명을 받았습니다.

'기독교 신앙은 도대체 사회의 절대 빈곤에 시달리는 사람들에 대해 무엇을 할 수 있는가? 기독교는 현실을 구원하거나 개조할 수 있는가?

이러한 신학적 번민에 고민하던 오 신부는 이 걸인의 모습을 보고 성직자로서 자신이 가야 할 길을 마치 벼락이라도 맞은 것처럼 크게 깨달았다고 합니다.

동냥에서 돌아오는 최 노인을 따라 다리 밑으로 들어간 오 신부는 병들어 죽어가는 걸인 18명을 먹이고 보살피는 최 노인의 숭고한 일을 자신이 이어받기로 그 자리에서 결정했다고 합니다. 작은 선행이 큰 선행을 부른 것입니다.

그리하여 오웅진 신부가 이를 계기로 '꽃동네'를 만들게 된 것입니다.

■ 선행이란 생각처럼 거창한 것이 아닙니다. 지극히 작은 일이라도 남에게 도움을 주는 일은 모두가 훌륭한 선행입니다. 선행은 사회를 밝게 만들고 인정이 넘치는 따스한 사회를 이루도록 해줍니다.

요즈음의 방송이나 신문을 보고 있노라면 온통 세상이 죄악으로 가득 차 있는 몹쓸 세상이라고 느껴질 때가 있지만 세상 한편에서는 말없이 조용히 선을 행하는 사람들이 나쁜 짓을 하는 사람들보다 훨씬 많다는 사실을 잊어서는 안 될 것입니다. 이 세상이 끝내 몰락하지 않고 이만큼 유지되고 있는 것은 이 같이 착한 사람들이 버티고 있기 때문입니다.

2. 정신력의 위력

역경에 대처하는 두 가지 방법

인생을 살아가면서 불행하고 순조롭지 못한 환경을 가리켜 우리는 역경(逆境)이라고 합니다. 역경은 누구도 바라지 않지만 인생이란 긴 행로의 곳곳에 도사리고 있는 것이기도 합니다. 문학가 톨스토이는 '사람은 저마다 자기 십자가를 지고 인생을 살아간다' 고 했습니다.

역경이 없는 인생은 없습니다. 누구든 저마다 크고 작은 고난과 시련을 겪으며 살아가는 것이 인생입니다. 인생에 있어 역경은 피할 수 없는 삶의 과정 중의 하나입니다. 그러므로 이 역경을 어떻게 잘 극복해 나가느냐가 인생에 가장 중요한 과제일 것입니다.

역경과 싸우는 두 가지 길이 있습니다. 그 하나는 정면으로 맞부딪쳐서 뚫고 이겨내는 적극적 방법이고 또 하나는 절망 속에서 이 역경이 저절로 물러갈 때까지 기다리는 소극적 방법이 있습니다. 전자는 역경에 대한 도전이요, 후자는 역경에 대한 굴복입니다. 도전할 것이냐, 극복할 것이냐의 선택은 오로지 자기 자신의 의지에 달려 있습니다.

한 가지 분명한 것은 이 세상에서 승리하고 성공한 사람들은 하나 같이 역경에 굴복하지 않고 용감하게 정면으로 맞부딪치며 도전한 사람들이라는 것입니다.

베토벤은 13세에 부모를 잃었고 17세에 집안의 가장이 되었으며, 늑막염으로 고통을 받으며 무려 네 차례나 수술을 받았습니다. 더구나 32세 때에는 귀가 완전히 멀었는데 이는 음악가에게 치명적인 타격이었습니다. 그러나 베토벤은 계속해서 닥쳐온 견딜 수 없는 고통을 그때마다 이겨내고 많은 명곡을 작곡하여 마침내 악성(樂聖)이라는 칭호까지 얻었습니다.

에디슨은 7세에 학교에 들어갔으나 저능아라고 판정 받아 퇴학을 당했습니다. 그는 13세 때부터 신문팔이 등 여러 가지 직업을 전전하면서도 꾸준히 연구하여 발명왕이 되었지만 그에게는 커다란 신체의 장애가 있었습니다. 그는 귀머거리였습니다. 그러나 그는 오히려 귀머거리가 된 것을 다행으로 여긴 사람이기도 했습니다. 시끄러운 잡음을 듣지 않고 오직 연구에만 몰두할 수 있었기 때문입니다.

이렇듯 위대한 인물들은 역경을 통해서 오히려 정신력을 강화하고 , 그것을 자기 발전의 밑거름으로 삼은 사람들입니다. 많은 사람들은 역경에 부딪치면 곧바로 낙담하고 좌절하고 맙니다. 그러나 이러한 역경이 우리에게 성공으로 향하는 길을 터주기도 한다는 것을 잊어서는 안 됩니다.

■ 역경은 한마디로 말해서 '성공으로 향하는 디딤돌' 이라고 할 수 있습니다. 누구도 이 디딤돌을 딛고 가지 않고서는 성공의 길에 들어설 수 없습니다. 인생에 있어, 역경을 피할 수 없는 삶의 과정이라고 한다면 낙담하고 좌절할 것이 아니라, 용감하게 도전하여 이를 끄복해 나가는 것이 최선의 선택이요, 떳떳한 삶의 길입니다.

바람과 함께 사라지다

'바람과 함께 사라지다'라는 작품이나 영화를 모르는 사람은 없을 것입니다. 이 작품은 19세기 후반에 일어난 미국의 남북전쟁을 배경으로 쓴 장편소설로 한 무명작가의 작품이지만, 놀랍게도 30여 개 언어로 번역되어 지금까지 2천만부 이상 판매된 베스트셀러입니다. 그러나 이 작품이 세상의 빛을 보게 되기까지 작가의 기막힌 사연과 눈물어린 집념의 이야기가 우리를 감동케 합니다.

작가 마가렛 미첼은 10여 년에 걸친 산고 끝에 이 위대한 작품을 완성하였지만, 이 무명작가의 작품을 받아 출판해 주겠다는 출판사는 한 곳도 없었습니다. 끈질기게 3년이 넘도록 출판사를 찾아 다녔지만 한결같이 외면당했습니다.

그러던 어느 날 그녀는 막 출장길에 오르려는 맥밀란 출판사의 레이슨 편집장에게 여행길에 꼭 한번만 읽어 달라고 간곡한 부탁을 하며 억지로 원고뭉치를 떠맡겼습니다.

대륙횡단 철도는 10여 일이 걸리는 장거리 여행길입니다. 조금만 생각해 준다면 지루한 여행길에 심심풀이 삼아서라도 한번쯤 읽어 주리라 작가는 생각한 것입니다. 그러나 불행하게도 그 기대는 어긋나고 있었습니다. 편집장은 미첼의 강권에 못이겨 마지못해 원고를 받아 들기는 했지만, 생면부지인 무명작가의 원고에 흥미가 있을 리 만무했습니다.

그런데 레이슨 편집장은 열차여행 도중에 전보를 세 통이나 받게 되었습니다. 자신의 소설을 꼭 한번만 읽어 봐 달라는 내용이었습니다. 두 번째까지도 무시하고 지나갔지만 세 번째 전보를 손에 쥔 레이슨 편집장의 마음이 마침내 돌아섰습니다. 그리고 그는 기차가 목적지에 이른 것도 모를 정도로 소설에 푹 빠져들었습니다.

이 방대한 장편소설에 푹 빠져 단숨에 읽어버린 레이슨 편집장은 마치 자신이 남북전쟁의 소용돌이 한 복판에 서 있는 듯한 착각마저 들게 하는 생생한 묘사에 매료되어 한동안 헤어나지 못할 정도였습니다.

'세상이 이렇게 훌륭한 작품을 몰라보고 있었다니.'

그는 출판사로 돌아오자마자 곧 소설을 출간하였습니다.

이렇게 하여 마가렛 미첼의 '바람과 함께 사라지다'가 1936년 처음으로 세상의 빛을 보게 되었습니다.

미첼은 이처럼 적극적인 정신의 소유자였습니다. 그녀에게 이런 적극성이 없었다면 그녀의 책은 영영 세상의 빛을 보지 못했을 것입니다.

■ 모든 성취는 적극성의 산물입니다. 세상에 소극적인 정신의 소유자가 성공한 일도 없고 큰일을 도모한 예도 없습니다. 세상의 모든 일은 적극적 정신을 가진 사람들에 의해 성취되고 발전했습니다. 우리는 적극적인 정신을 가지고 살아야 합니다. 적극적 정신에서 진취적 기상이 생기고 도전의 용기도 생기며 능동적인 태도와 절대 지지 않는 투지도 생기는 것입니다.

인내라는 이름의 나무

냇킹콜 하면 우리에게는 미국의 '모정'이라는 영화의 주제곡을 부른 것으로 잘 알려진 유명한 미국의 흑인 가수입니다.

열여덟 살 나던 해의 어느 봄날, 그는 아버지와 함께 백인들이 살고 있는 거리를 걸어가고 있었습니다. 그때 백인 청년이 다가와서 아버지에게 길을 물었습니다. 그의 아버지는 길을 알려 주려고 입을 여는 순간, 젊은 백인에게 얻어맞고 쓰러졌습니다. '미스터'라는 존칭을 쓰지 않았다는 이유였습니다.

당시의 미국 남부, 흑인을 박대하는 이른바 '징크로우'들이 지배하는 세계에서는 흑인들을 그렇게 다루는 것이 보편적이었습니다. 냇킹콜의 아버지는 코피를 흘리며 일어나서 정중히 사과했습니다.

"I am sorry, Mister(죄송합니다, 나리)."

이 광경을 보고 있던 백인들은 낄낄거리며 웃었습니다. 눈이 뒤집힌 젊은 혈기의 냇킹콜은 주먹을 불끈 쥐고 백인에게 대들려고 했습니다. 그러나 아버지는 아들의 팔을 붙들고 가로막으며 나지막하지만 엄하게 타일렀습니다.

"참아, 냇! 지금은 안 돼, 아직은 안 된다."

집에 돌아온 그는 교회의 한구석에서 분을 삭이지 못해 통곡을 하며 그 밤을 꼬박 새웠습니다. 그는 편지 한 장을 남기고 집을 떠났습니다.

'백인과 대등해지기 위해서는 우리 흑인이 백인을 능가하지 않으면 안 됩니다.'

그로부터 수년 후 그는 백인을 능가하는 사람이 되었습니다. 그는 미국에서 제일가는 가수가 되어 미국인의 우상이 된 것입니다. 아무리 흑인이라지만 존칭을 쓰지 않았다는 이유만으로 얻어맞아 피투성이가 된 아버지를 본 젊은 혈기의 냇킹콜은 견디기 힘들었을 것입니다.

그러나 냇킹콜은 그 참을 수 없는 모욕과 끓어오르는 분노에 치를 떨며 몸부림 쳤지만, 용하게도 그 고비를 넘겼을 뿐만 아니라, 오히려 그 분노를 자기의 출세와 성공으로 승화시켰습니다.

■ 영국의 여류작가 제인 오스틴은 '네 마음밭에 인내의 나무를 심어라. 그 뿌리는 쓰지만 그 열매는 달다'라고 말했습니다. 누구의 삶에도 역경은 도사리고 있습니다. 인내하고 자중해야 할 때 그것을 참지 못하고 그 고비를 넘기지 못하면 큰일을 도모하지 못하는 법입니다.

사람은 극도로 화가 나면 이성이 마비되어 자제력을 잃게 됩니다. 속이 뒤집히고 앞뒤를 가릴 수 없게 됩니다. 격정의 노예가 되고 흥분의 포로가 되어 물불을 가리지 않는 충동적인 행동을 저지르게 됩니다.

세상에서 가장 힘든 싸움

중국 춘추시대 때 진(晉)나라에 내란이 일어났습니다. 이로 인해 왕실과 내실에서 권력투쟁이 매우 험악했기 때문에 진나라의 공자 중이(重耳)는 도망칠 수밖에 없었습니다. 이렇게 시작된 망명생활이 19년 동안이나 계속되었는데, 이 기간 동안 중이는 자신과 함께 한 충신들과 세상을 떠돌며 유랑해야만 했습니다.

바람과 이슬을 맞으며 산과 들에서 먹고 잤으며 굶주림에 허덕이며 쓰라린 고통을 겪었습니다. 그래도 중이는 사직을 바로 잡아야 한다는 큰 뜻을 품은 채 힘든 망명생활을 계속했습니다.

그러던 어느 날 제(齊)나라 환공의 호의를 받아 그 나라에 머물게 되었습니다. 또한 환공의 딸을 아내로 맞아 부유하고 안락한 생활을 하다 보니 마침내 그는 가슴에 품었던 큰 뜻을 점점 잊어버리게 되었습니다.

이러한 중이의 모습을 본 충신들이 그의 마음을 돌리려고 아무리 회유하고 애걸을 해도 소용이 없었습니다. 결국엔 중이는 '인생에 이런 안락이 있음을 누가 알았겠는가? 나는 여기서 죽을 것이며 떠나지 않을 것이다' 라고 말할 지경에까지 이르게 되었습니다.

충신들은 더 이상 어찌할 도리가 없자 마지막 꾀를 내었습니다. 그에게 술을 만취할 때까지 먹여 정신을 잃게 만든 후 수레에 태워 제나라를 떠나 버린 것입니다. 술에서 깨어난 중이가 사방을 둘러보았을 때 어리둥절할 수밖에 없었습니다. 허허벌판뿐인 곳에 옛 신하들만이 함께하고 있는 것을 보게 되자 그는 마치 꿈을 꾼 것 같았습니다.

중이는 '죽었다 살아난' 것과 같은 깨달음을 얻고 다시 이를 악물고 큰 포부와 강인한 의지를 되새겨 노력하여, 결국 진나라로 돌아가 임금이 되니 그가 바로 진문공(晉文公)입니다.

걸출한 진문공 같은 사람조차 안락함에 안주하였으니 자신을 이긴다는 것이 얼마나 어려운 일인가를 알 수 있는 이야기입니다. 내가 나를 이기려면 무엇보다 강인한 의지가 있어야 합니다. 강한 의지는 극기(克己)의 원동력입니다. 그

것은 곧 자기 자신을 이길 수 있고 또 세상을 이길 수 있는
힘이기도 합니다.

■ 인생의 싸움 중에서 가장 어려운 싸움은 나와 싸우는 것
이며, 인생의 승리 중 가장 어려운 승리는 나를 이기는 승
리입니다. 플라톤은 '인간의 최대 승리는 내가 나를 이기
는 것이다'라고 말했습니다. 극기란 내 의지의 힘으로 내
본능과 욕망과 충동의 지나친 표출을 통제하는 일입니다.
그런데 인간은 언제나 안락함을 탐닉하고 고행을 싫어하
며 나태를 좋아하고 힘써 일하기를 싫어하는 천성을 가지
고 있습니다.
자기를 이긴다는 것은 바로 이러한 천성을 극복하고 자신
의 목표를 성취하는 것이기에 결코 쉬운 일은 아닙니다. 그
래서 노자(老子)는 '남을 이기는 자는 힘이 있지만 자신을
이기는 자는 강하다'로 했습니다. 참으로 강한 사람만이
자신을 이길 수 있는 것입니다.

살아 있어야할 이유

인간으로서는 차마 감내하기 힘든 굴욕과 울분을 사명감 하나로 극복하고 끝내 중국 역사서 가운데 으뜸가는 명저인 '사기(史記)' 130권을 완성한 중국 전한시대 역사가인 사마천(司馬遷)의 이야기는 사명감이 무엇인가를 새삼 일깨워 주고 있습니다.

사마천의 아버지 사마담은 중국의 상고시대로부터 당시까지 2천여 년에 이르는 역사를 정리하여 저술하던 막중한 사명을 사마천에게 맡기고 세상을 떠났습니다. 아버지의 유명을 받은 사마천은 아버지의 뒤를 이어 태사령에 임명되어 집필하던 중 큰 재앙을 맞게 되었습니다.

기원전 99년의 일입니다. 당시 무제(武帝)는 북방의 흉노와 자주 싸움을 하였습니다. 한나라의 장군인 이릉(李陵)은 5천 명도 되지 않는 적은 병사들을 이끌고 분투했지만, 포위를 당하여 포로가 되는 사건이 일어났습니다. 이 패전은 무제를 격노케 했고 이릉의 처벌을 검토하게 되었습니다.

많은 중신들이 입을 모아 이릉의 엄벌을 주청했지만, 사마천은 혼자 이릉의 충절과 용맹을 찬양하며 적은 병사로 대적을 맞아 싸워야 했던 장수의 어려움을 역설했습니다.

그러나 오히려 무제의 노여움은 사마천을 향하게 되어 사마천은 거세를 당하는 궁형이라는 치욕의 형벌을 받게 되었습니다. 사마천은 선비로서 참을 수 없는 굴욕을 당하며 사느니 차라리 깨끗한 죽음으로 치욕을 벗고 싶었을 것입니다. 그러나 그는 그럴 수가 없었습니다. 선친의 유업인 역사 저술의 큰 일이 자신에게 맡겨져 있었기 때문입니다.

그는 몇 해가 지난 뒤 출옥하여 관직에 복귀했습니다. 그는 정신적 타격에도 불구하고 자신에게 주어진 사명을 완수하기 위해 역사저술에 심혈을 기울여 마침내 '사기' 130권을 완성했습니다. 자기에게 지워진 이 사명의 완수를 위해 죽을 수도 없었던 것입니다.

'만약 이 책이 완성되어 세상 사람들이 읽게 된다면 나는 이 욕됨을 씻게 될 것입니다' 라며 굴욕을 극복하고 대업을 이룬 사마천이야말로 후세에 길이 빛나는 사명적 인간이었습니다.

■ 인생에서 자기의 사명을 자각하고 사명을 위해 헌신하는 일처럼 중요한 것은 없습니다. 인간은 사명의 존재입니다. 자신의 사명을 깨닫고 사명을 위해 살며 사명의 완성에서 보람을 느끼고 사명을 위해 죽을 수 있는 존재입니다.

우리의 삶에서 보람을 찾으려면 자신의 사명을 깨달아야 합니다. 사명감이 우리를 용감하게 만들고 위대하게 만듭니다. 인간이 무언가를 위해 노력하고 힘쓸 때, 비로소 위대한 삶을 살 수 있습니다. 사명감은 인간의 위대한 힘의 원천입니다.

세상에서 큰일을 성취한 사람들을 보면 인생의 어느 계기를 통해 커다란 사명감을 깨닫고 그 사명을 위해 전력했다는 것을 알 수 있습니다. 그러므로 각자의 사명에 대한 자각이 없이는 큰 그릇이 될 수 없고 큰일을 할 수 없는 것입니다.

자신감

미국 콜로라도 주 스프링필드 근처에는 아주 험한 고갯길이 하나 있습니다. 지형이 높고 험해서 차가 지나다니기엔 상당히 위험해 보이는 고갯길입니다. 그래서 이곳을 지나는 차들은 고갯길의 생김새만 보고도 지레 겁을 먹고 돌아가기 일쑤였습니다.

도로 자체는 도시와 도시를 잇는 중요한 도로였지만 사람들이 왕래하기를 꺼리기 때문에 도로가 차츰 폐쇄 위기에 처하게 되었습니다. 그런데 이 험악한 고갯길에 언젠가부터 'Yes, You can!(그래, 당신도 할 수 있어!)' 이란 팻말이 세워졌습니다. 고갯길을 지나는 모든 차량이 고개 입구에 들어서게 되면 먼저 이 거대한 팻말부터 보게 됩니다.

그 후부터 놀라운 변화가 일어나기 시작했습니다. 입구에서부터 겁을 먹고 고갯길을 넘기 주저하던 운전자들이 예전과는 달리 자신감을 갖고 무사히 넘어갈 궁리를 하기 시작한 것입니다.

'당신도 할 수 있다'는 낱말에 불과한 하나의 팻말 때문에 마침내 그 고갯길은 더 이상 두려움의 대상이 되지 않았다는 것입니다. 누구에게나 내재되어 있는 자신감이 이렇듯 작은 동기에 의해 촉발되어 놀라운 결과를 가져와 두렵기만 하던 고갯길을 웃고 넘는 고갯길로 바꾸어 놓은 것입니다.

미국의 철학자 에머슨은 '성공을 위한 최고의 비결은 자신감'이라고 말했습니다. 나폴레옹은 '지략보다 자신감이 넘치는 군대가 늘 승리를 얻는다'며 어떠한 일을 성취하고 성공으로 이끄는 힘은 자신감에 있다고 지적했습니다.

자신감은 성공의 원동력이자 승리의 비결입니다. 자신감을 가질 때 우리는 어떠한 난관도 극복할 수 있고 뜻한 바를 구할 수 있습니다. 열등감은 자기의 행동을 억제하고 내재된 자신의 능력을 약하게 만들지만 자신감은 하고자 하는 신념과 열정과 용기와 패기를 길러 줍니다. 우리는 자신감을 길러 두려움 없이 용감하게 자기 앞길을 개척해 나가야 합니다.

그럼 어떻게 하면 자신감을 가질 수 있을까요? 자신감은 하나의 신념입니다. 내가 내 마음 속에 '나는 그것을 할 수 있다' 는 긍정적이고 적극적인 암시를 주고 늘 그렇게 마음 먹고 다짐하면 부지불식간에 놀라운 암시작용에 의해 사고와 행동에 변화를 일으키게 되고, 마침내 자연스럽게 몸에 밴 강한 신념이 형성되어 성공하게 되는 것입니다. 우리는 자신감을 길러 신념의 인간으로 만들어야 내야 합니다.

■ 우리가 일을 성취하는 데 있어 무엇보다 중요한 것은 자신감을 갖는 일입니다. 사람은 자신감을 가질 때 두려움이 없어지고 당당해집니다. 하고자 하는 의욕이 생기고 무슨 일이든 할 수 있는 신념이 생깁니다. 또 하려는 일에 용감히 도전할 기백이 생기고 어떠한 고난도 뚫고 지날 수 있는 패기가 생깁니다. 그러나 자신감이 없으면 언제나 두려운 마음이 앞서 의욕을 잃고 의기소침한 채 아무 일도 해내지 못하는 것입니다.

세상을 바꾸는 힘

신을 만드는 회사에서 시장조사차 두 직원을 아프리카로 파견했습니다. 두 직원이 아프리카에 도착해 보니 사람들이 모두 맨발이었습니다. 두 사람은 나름대로 시장개척 여부를 판단해서 본사에 연락을 했습니다.

한 사람은 이렇게 보고를 했습니다.

"이곳에선 신을 신은 사람을 전혀 볼 수가 없습니다. 이 사람들은 신이 무엇인지 조차도 모릅니다. 따라서 시장개척의 가능성은 전혀 없습니다."

다른 한 사람은 이렇게 보고 했습니다.

"아직 이곳에 신을 신은 사람은 아무도 없습니다. 그러므로 신을 팔 수 있는 잠재력은 무궁무진합니다."

처음부터 무리라고 생각하고 할 수 없는 이유만을 찾으려 한다면 세상에 이룰 수 있는 일은 아무것도 없습니다. 그러나 항상 가능성의 이유를 찾아내려고 한다면 안 될 일 또한 아무것도 없습니다. 마음만 있다면 불가능은 없다고 볼 수 있습니다. 긍정의 사고를 가진 사람만이 그것을 성취하고 승리하는 것입니다.

긍정적 사고는 불가능을 가능으로 바꾸어 주고 결단력을 길러 줍니다. 우리가 성공이라고 말하는 모든 영광은 바로 불가능에 도전하여 쟁취한 것이란 걸 알아야 합니다. 모든 일은 가능하다고 생각하는 사람만이 해낼 수 있는 것입니다. 어떤 일을 가능하다고 믿는 것은 창조적 해결의 길을 열어 주는 첫걸음이기 때문입니다.

만약 당신이 하고자 하는 일이 가능하다고 믿는다면 그 때부터 당신의 마음은 그 가능성의 방법들을 일러줄 것입니다. 그러나 불가능하다고 믿는다면 당신의 마음은 그 일이 불가능할 수밖에 없는 이유만을 내내 속삭일 것입니다.

■ '할 수 있다', '해내고야 말겠다'는 자신감은 성공의 원동력입니다. 자신감을 가질 때 난관을 극복할 수 있고 뜻한 바를 성취할 수 있습니다. 자신감의 핵심은 할 수 있다는 강한 신념입니다. 신념이 있으면 행동을 일으키는 힘과 자기가 추구하는 세계를 얻을 수 있는 힘도 함께 얻는 법입니다.

희망의 씨앗을 뿌리는 사람

우리나라의 명필로 손꼽히는 추사 김정희는 자신만의 독특한 서체로 유명합니다. 그러나 이 같은 명필도 하루아침에 만들어진 것이 아닙니다. 역경 속에서 자신만의 세계를 향한 끊임없는 도전과 수많은 실패 후에야 비로소 자신의 붓을 마음대로 할 수 있는 경지가 열려 추사체가 탄생한 것입니다.

그는 약관의 나이에 벼슬길에 올라 천재라는 소리를 들을 정도로 남들의 부러움의 대상이 되었지만, 자기도 모르는 사이에 교만해진 탓에 반대 세력의 미움을 받았습니다. 게다가 자신이 행한 정치적 실수까지 겹쳐 멀리 제주도로 유배를 가게 되었습니다.

김정희는 그곳에서 9년에 걸친 유배생활을 해야 했습니다. 참을 수 없는 울분과 고독한 생활을 하는 동안 그는 세상을 원망하여 자포자기의 심정으로 의기소침한 채 무명의 인물로 생을 마감할 수도 있었을 것입니다. 그러나 그는 자신의 위기를 스스로 도약을 위한 발판으로 삼았습니다. 지난날의 잘못을 참회하는 마음으로 예술과 학문에 몰두함으로써 위기를 기회로 바꾸어 놓았습니다.

그는 역대의 명필들을 연구하여 자기 자신만의 독특한 추사체를 만들었으며 한편으론 시인으로서, 다른 한편으론 금석학자로서 새로운 인생을 개척했습니다. 그리하여 역사에 길이 남은 위대한 문인, 서화가이자 학자로 대성할 수 있었습니다.

카운슬러로 유명한 프랑스의 코빈 윌리엄스 목사는 제2차 세계대전 당시, 프랑스 전선에서 보병으로 전차 뒤를 따라 진격하고 있었습니다. 그런데 그 전차가 지뢰에 걸려 폭발하는 바람에 윌리엄스는 불행하게도 실명하게 되었습니다. 그러나 그 불행에도 불구하고 목사와 카운슬러가 되려던 꿈은 좌절되지 않았습니다. 윌리엄스는 포기하지 않고 열심히 공부하여 대학을 졸업할 때 이렇게 말했습니다.

"눈이 보이지 않는다는 것이 내가 하고 있는 일에 참 많은 도움이 되고 있습니다. 나는 눈이 보이지 않으니 외모에 의해 사람을 판단할 수가 없습니다. 그것이 오히려 사람의 외모가 주는 선입견에서 나를 지켜 주고 있습니다. 많은 사람들이 나를 찾아와 상담하고 싶어하는 이유도 왜곡된 시각을 가지지 않았으니 안심하고 편하게 상담할 수 있는 사람으로 여기기 때문입니다."

이렇듯, 역경과 불행은 뒤집어 놓고 보면 기회와 계기라는 것을 알 수 있습니다. 그것은 내 앞에 벌어진 일을 어떻게 받아들일 것이냐는 마음가짐에 따라 달라지는 것입니다. 어려운 환경에 있거나 위기에 처해 있을 때, 오히려 그것을 기회로 삼아 새로운 길을 여는 계기로 삼을 줄 아는 사람에게는 역경이나 위기도 또 하나의 기회가 되는 것입니다.

어쩌면 기회라는 것은 어려운 일이 있을 때 찾아오는 것인지도 모릅니다. 고난의 토양 위에서만 자라는 것이 기회이기 때문입니다. 위기를 기회로 바꾸는 힘은 오직 자신의 의지력에 달려 있습니다.

■ 성공한 사람과 실패한 사람의 차이는 자신에게 닥쳐온 고난을 어떻게 받아들이고 대처하느냐에 있습니다. 역경은 성공한 사람이나 실패한 사람이나 모두 겪는 일입니다. 다만 그 불행의 토양 위에 희망의 씨앗을 뿌리는 사람만이 성공의 길로 향하는 것입니다.

천재들의 생활기록부

위대한 위인들의 어린시절 중에는 도저히 위인이 될 싹이라곤 찾아 볼 수 없었던 예사롭지 않은(?) 시절을 보낸 위인들의 이야기가 있습니다.

아인슈타인은 어려서부터 말을 제대로 하지 못하는 지진아였습니다. 그는 학교 성적도 아주 나쁜 데다가 사교적인 성격이 아니었기에 학급에서는 존재감이 없는 학생이었습니다. 어린 시절의 아인슈타인은 천재적인 특성이라곤 눈곱만큼도 찾아 볼 수 없는 학생이었습니다.

초등학교 생활기록부에는 '무엇을 하건 성공할 가능성이 희박하다'고 적혀 있을 정도로 열등생이었습니다. 그는 정말 어떻게 손을 써 볼 수도 없는 꼴찌학생이었지만, 그가 훗날 천재를 능가하는 업적을 이루었다는 것은 누구나 알고 있는 사실입니다.

영국의 유명한 윈스턴 처칠 수상도 학교 성적이 엉망이

기는 마찬가지였습니다. 초등학교 시절 그는 학급에서 가장 성적이 나쁜 학생이었습니다. 그는 전 과목을 통해 골고루 성적이 불량했지만 특히 수학 성적이 나빴습니다. 그러던 그가 재무장관이 되어 영국의 재정을 책임졌으며 마침내 수상이 되어 제2차 세계대전을 승리로 이끈 주역 중의 한 사람이 되었을 뿐 아니라 저술가로도 활동해 노벨 문학상까지 탔습니다.

미국의 아이젠하워 대통령은 소년시절 육군사관학교에 입학했을 때 그의 성적은 160명 중에서 61등이었습니다.

일본의 내셔널 전자기구로 유명한 마쯔시다 회장이나 혼다 오토바이로 이름난 혼다 회장 또한 초등학교 정도의 학력에 불과하며 그나마 성적은 중간 이하였습니다.

진화론으로 유명한 다윈도 초등학교 성적이 신통치 않기는 마찬가지였습니다. 그의 스승은 '그가 그렇게 훌륭하게 되리라고는 꿈에도 생각지 못할 정도로 평범한 아이였다'고 회고했습니다. 언젠가 그의 아버지는 '너는 총을 가지고 개나 쥐를 잡는 정도의 재주 밖에 없느냐? 부끄럽지도 않으냐? 이건 우리 가문의 수치다!' 라고 하며 지독하게 질책을 당할 정도로 아버지의 기대에 미치지 못했던 사람에 불과했습니다.

■ 평균 이하이거나 평범했던 유명한 인물들의 어린 시절을 보면 그들이 훗날 각계에서 두각을 나타낼 수 있었는지 참으로 놀라운 일이 아닐 수 없습니다. 그러나 그들에게서 발견할 수 있는 공통점은 이들 모두가 전 과목에서 뛰어나지는 못했지만 어느 특정 방면에서 특별한 능력과 재능을 가지고 있었다는 점, 그리고 절대 열등감을 가지거나 좌절하지 않았다는 점, 끊임없이 왕성한 문제의식을 가지고 그 문제를 해결하기 위해 노력하고 이를 포기하지 않았다는 점입니다.

인생의 성패는 학력이나 학교 성적, 어릴 때 머리가 안 좋았다는 따위 보다는 자기에게 주어진 능력을 최대한 발휘할 방법을 터득하고 이를 강력하게 추진해 나가느냐에 달려 있다고 할 수 있습니다.

90세의 철인

노엘 존슨은 전미 노인 마라톤의 1인자이며 세계 시니어 복싱 챔피언을 다섯 차례나 방어한 노익장 선수입니다. 하지만 그는 70세 초반까지만 해도 완전한 폐인이었습니다. 지독한 심장병으로 숨이 차서 단 열 걸음도 걷지 못하는 중환자였습니다. 육체는 비록 낡았지만 그에겐 '이대로 죽을 순 없다' 는 강한 의지가 숨어 있었습니다.

그는 어릴 때부터 몸이 허약해서 과장하자면 세상의 병은 하나도 빠짐없이 앓을 정도로 약골이었습니다. 늘 감기를 달고 다니며 콜록거렸고 특히나 신장이 나빠서 일부를 잘라내는 수술까지 받았습니다. 그렇게 약한 몸이면서도 용케 69세까지 겨우겨우 살아왔는데 이제는 더 이상 심장이 약해서 생을 이어가기 힘들다는 것을 자각했습니다.

그랬던 그가 70세 되던 해에 중대한 결심을 했습니다. 체질을 개선해서 다시 한번 일어서 보자는 결심이었습니다.

그러나 결심은 쉽지만 실행하기는 어려웠습니다. 조금만 뛰어도 숨이 차고 다리가 후들거려 그 자리에 주저앉기 일쑤였습니다. 그는 체계적인 단련을 위해 건강 관련 서적을 수도 없이 탐독했습니다. 책을 통해 노쇠한 몸도 단련을 하면 재생할 수 있다는 굳은 신념을 얻게 되었습니다. 그리하여 불굴의 의지로 육체를 단련한 결과, 드디어 노인 마라톤과 복싱에서 1위의 자리를 차지하는 선수가 되어 대통령과 국회의장의 표창까지 받았습니다. 그는 90을 넘겼는데도 놀랍게도 30대의 왕성한 건강을 유지하고 있습니다.

그는 자기 혼자의 힘으로 나름대로의 건강법을 개발하여 큰 성공을 거두었습니다. 그가 말하는 건강법의 기본원칙은 첫째, 굳은 의지로 정신 관리를 철저히 하고, 둘째로 올바른 자연식을 통해 충분한 영양을 섭취하며, 셋째로 달리기와 호흡법에 중점을 둔 기준치에 맞는 운동을 꾸준히 하는 것이었습니다.

그는 칠순 노인도 자기 나름의 건강법을 개발하여 꾸준히 실천한다면 누구든 자기와 같이 아니 그 이상으로 건강해질 수 있다고 확신하고 있습니다. 그러면서 그는 건강에 관해서는 남에게 의지하지 말고 자기 자신의 일은 자신이 직접 행하라고 권하고 있습니다.

■ 인간은 누구나 튼튼한 몸으로 오래 살기를 원합니다. 병에 시달리며 살기를 원하는 사람은 아무도 없을 것입니다. 이 이야기는 우리에게 굳은 의지만 있다면 누구나 건강을 회복할 수 있다는 자신감을 갖게 해 줄 뿐 아니라, 장수에 대한 희망을 갖게 해 주었습니다. 이것은 인간에게 더없는 축복의 메시지요, 더할 수 없는 기쁜 소식이 아닐 수 없습니다.

이상한 예언

프랑스의 황제 루이 11세는 봉건세력을 몰아내기 위한 방법으로 우매한 백성에게 얼토당토 않은 말을 퍼뜨려 사회를 불안하게 만드는 예언자들을 잡아들이기로 마음먹었습니다. 그 첫 번째 대상으로 불길한 예언으로 백성들을 미혹시키는 예언자를 붙들어 황제가 직접 심문했습니다.

"네 놈이 다른 사람의 운수를 그렇게 잘 예언한다고 하는데 그게 사실이냐?"

"네, 저의 예언은 지금껏 한번도 빗나간 적이 없습니다."

"그래? 그렇다면 네 놈 자신의 운명이 어찌 되리라는 것도 잘 알고 있겠구나."

"사실은 폐하, 저의 운명은 전혀 모릅니다."

"흥, 그렇겠지. 자기 자신의 운명도 모르는 주제에 남의 운명에 대해 함부로 지껄이다니, 네 죄를 네가 알렸다."

사태가 이쯤 되자 예언자는 덜컥 겁이 났습니다. 가만히 살피자니 자신이 빠져나가기 힘든 죽음의 올가미에 걸렸음을 알고 오금이 저려 왔습니다. 순간 예언자는 곧 재치 있는 꾀를 생각해 냈습니다.

"하오나 폐하, 제 운명은 전혀 알 수가 없사오나, 한 가지 확실히 알고 있는 것이 있습니다. 그것은 폐하가 승하하시기 사흘 전에 제가 죽을 것이라는 것입니다."

"뭐라고?"

루이 11세는 아무 말 없이 그 예언자를 돌려보냈습니다. 루이 11세는 자기보다 사흘 먼저 죽게 된다는 예언자를 차마 죽일 수 없었던 것입니다.

또 이런 이야기도 있습니다.

어느 고급 공무원 한 사람이 대통령에게 자신의 전문 분야의 사업계획을 발표하고 있었습니다. 오랜 시간 연구 검토하고 계획을 한 중대한 일이라 대통령의 재가만 떨어지면 짜여진 계획대로 실행할 수 있는 시점이었습니다. 그런데 대통령이 갑자기 비관적인 어조로 비판을 했습니다. 그 발언에 휘말리면 그 동안 계획하고 점검하고 노력한 일이 모두 낭패가 될 수도 있는 순간이었습니다.

그때 그 공무원은 겸손하면서도 힘 있는 어조로 대통령

의 눈을 보며 말했습니다.

"죄송합니다만, 이 분야만큼은 제가 전문가입니다."

그의 그 말 한 마디가 수포로 돌아갈 수 있었던 계획을 살렸을 뿐만 아니라 소신 있는 사람으로 평가되어 장관으로 발탁되는 영광까지 누렸다고 합니다.

실로 재치 있는 임기응변은 생명을 건질 수 있는 힘이 있고 자신을 최대한 나타낼 수 있는 기회를 가져다 주기도 합니다.

■ 사람이 살다 보면 예상치 못한 상황에 휘말려 위기를 맞게 될 때가 생깁니다. 이럴 때, 그 위기의 순간을 임기응변의 재치로 사태를 수습하는 기술이 때로는 사업의 성패를 결정하기도 합니다. 한마디의 재치있는 말이 사람의 목숨을 살리고 사태를 역전시켜 위기를 모면하게도 합니다.

제너의 진실

세계의 위대한 위인들은 때로 자신의 업적에 들인 자기 희생보다 사회의 냉대와 고정관념을 깨기 위해 더 많은 희생을 치르기도 합니다. 천연두(天然痘)의 예방법을 발견하여 인류에 크게 공헌한 영국의 의학자 에드워드 제너(1749-1823)도 남 못지않게 많은 고통을 겪고 나서야 빛을 보게 된 사람 중 한 명이었습니다.

젊은 시절 제너는 고향에서 어떤 의사의 조수로 연구를 하고 있었습니다. 거기에 마을 처녀가 진찰을 받으러 왔습니다. 의사는 처녀에게 진단 결과를 천연두라고 말하자 처녀는 펄쩍 뛰었습니다.

"천연두라고요? 그럴 리가 없어요. 나는 우두(牛痘)에 걸린 적이 있는 걸요."

그 당시에 영국에는 천연두가 만연하여 많은 사람들이 이 병에 걸려 죽었지만 우두에 걸린 경험이 있는 사람들은 이 천연두라는 전염병에 걸리지 않는 공통점이 있었습니다. 그러나 당시의 의학계에선 이 같은 사실을 근거 없는 소문에 불과한 것으로 간주하여 아무도 그 사실을 검증해 보려고 하지도 않았습니다. 제너는 이 문제에 주목했습니다. 그리고 그가 의사의 일을 하는 한편 20여 년 동안 이 연구에 몰입했습니다.

마침내 연구 결과, 세간에 떠돌던 속설을 입증하고 예방법을 만든 제너는 우선 자기 아들을 실험 대상으로 세 번에 걸친 백신접종을 하여 성공을 거두게 되었습니다. 제너는 그 뒤로 23명에 대한 임상실험에서도 대성공을 거두자 자신 있게 연구 결과를 발표하기에 이르렀습니다.

그러나 당시의 의학계는 이를 인정하려 하지 않았습니다. 그 뿐 아니라 반대하는 무리들이 만든 소문이 세상에 퍼져 사람들로부터 지독한 비방과 중상을 받게 되었습니다.

"그 녀석은 소의 젖에서 나오는 병균을 사람의 몸에 투입해 인간을 동물로 타락시키려 한다."

"종두를 받은 어린이는 소처럼 얼굴이 변하고, 머리에선 뿔이 돋고 목소리까지 소처럼 변했다."

그럴 듯한 비방이 쏟아지는 가운데 제너의 예방법은 탁

월한 효과가 있었기에 종두를 신뢰하는 사람의 수가 하루가 다르게 늘어만 갔습니다. 결국 의학계도 인정하지 않을 수 없었습니다.

마침내 제너는 종두의 발견자로 온 세상의 존경을 한 몸에 받는 사람이 되었습니다.

■ 위인들 중에는 피나는 노력과 희생에도 불구하고 초기에 세상 사람들로부터 인정을 받지 못하고 고통스러운 날을 경험한 사람들이 많습니다. 그러나 그들은 타인의 평가 같은 것은 조금도 개의치 않았습니다. 그들은 자기가 하는 일에 보람과 긍지를 가지고 있었기 때문에 어떠한 고통도 참고 견디며 자신의 일을 자랑과 기쁨으로 여기고 만족했던 사람들입니다. 위인들의 위대한 업적은 이렇듯 집념어린 외로운 투쟁으로 얻어낸 값비싼 인류의 유산입니다.

열등감치료제

러시아의 유명한 작곡가 라흐마니노프는 25세 때 어느 연주회에서 자신의 교향곡 제1번을 발표했습니다. 하지만 그 날의 연주가 얼마나 엉망이었는지 작곡가인 자신이 몰래 공연장을 빠져나올 정도였습니다. 그는 이에 얼마나 큰 충격을 받았던지 깊은 열등감에 빠져 이후 3년 동안 작곡에 손을 대지 않고 사람들과의 접촉도 피하는 등 정신질환의 증세까지 보였습니다.

이런 사정을 딱하게 여긴 친구들이 그를 의사에게 데리고 갔습니다. 그런데 그 의사는 작곡가에게 약은 아예 주려고 하지 않고 격려의 말만 계속 되풀이해서 들려주는 것이었습니다.

"새로운 작품을 하나 시작하십시오. 그 작품은 반드시 훌륭한 곡이 될 것입니다. 그리고 자신감을 가지고 즐겁게 사십시오."

그리하여 의사의 권고대로 새로운 작품을 시작한 라흐마니노프는 몇 달 후 새 곡을 완성하여 발표하였는데 예전에 경험해 보지 못한 대성공을 거두게 되었습니다.

바로 이 작품이 오늘날 모든 고전 음악 협주곡 중에 가장 빈번히 연주되고 영화의 배경음악으로도 자주 등장하는 피아노 협주곡 제2번입니다.

열등감에 빠진 사람은 위축된 마음과 실패의 공포 때문에 무슨 일에도 두려움이 앞서 어떤 결정도 내릴 수 없게 되어 옴짝달싹 못하게 되는 것입니다. 작곡가 라흐마니노프는 공연의 실패라는 심한 열등감에 빠져 또 다른 공연에서의 있을지도 모를 실패가 두려워 3년 동안이나 폐인처럼 살았습니다.

이 열등감에서 벗어나는 길은 자신에게 긍정적이고 적극적인 암시를 계속 주어 강한 신념을 이끌어 내는 것입니다. '나는 할 수 있다.', '남들은 하는데 왜 내가 못해?' 하고 오랫동안 암시를 주면 강한 신념이 생겨 뜻한 바를 성취하게 되는 것입니다.

■ 심리학자들에 의하면 95%의 사람들이 열등감을 가지고 있다고 합니다. 그렇다면 누구나 열등감이 있다는 것인데, 어째서 누구는 성공하고 누구는 좌절하는 것일까요? 이것은 바로 자신의 열등감을 극복할 수 있느냐 없느냐에 달린 의지의 문제인 것입니다.

낙선 전문가

여기 결코 현실에 굴하지 않고 끝까지 자신의 의지를 관철해 나간 오뚝이 같은 집념의 사나이가 있습니다. 그는 22세 때 사업에 실패했습니다. 23세 때는 주 의회의원으로 출마했다가 낙선했습니다. 24세 때 다시 사업을 시작했으나 다시 실패하고 말았습니다. 그러나 25세 때 드디어 주 의회의원에 당선되었습니다. 그런데 26세 때 사랑하는 여인이 세상을 떠났습니다. 그래서 신경쇠약과 정신분열증까지 발병했습니다. 29세 때는 주 의회의장 선거에서 낙선했고 31세 때는 대통령 선거의원 낙선, 34세 때는 하원의원에 낙선되었습니다.

한동안 쉬었다가 37세 때 하원의원 선거에 출마하여 당당히 당선되었습니다. 그러나 39세 때는 하원의원 선거에서 쓴잔을 마셔야 했습니다. 46세 때엔 상원의원에 출마했으나 낙선하고 말았습니다. 사업에 실패하고 선거에 나와서 낙선을 밥 먹듯 되풀이한 이 사람은 참으로 딱하기도 하지만 대단한 집념의 사나이가 아닐 수 없습니다.

좀더 이 사람의 이력을 살펴보자면, 47세 때, 과감하게 부통령에 출마했습니다. 그러나 아쉽지만 또 낙선. 49세 때 다시 상원의원에 도전했으나 거듭 낙선. 도대체 이 사람 정체가 무엇일까요? 정말 한심하고 별 볼일 없는 사람처럼 보일지도 모르겠습니다. 그런데 이 사람이 51세 때 대통령에 도전하여 당당히 당선되었습니다. 하지만 평생을 실패와 낙선을 직업삼아 되풀이하던 사람이니 당연히 무능한 대통령에다 혹시 쫓겨나지나 않았을까 상상할지도 모르겠습니다.

그러나 이 사람이 바로 미국 역사상 가장 존경 받는 제16대 대통령 링컨입니다. 링컨을 위대한 인물로 꼽는 이유 중의 하나는 어떠한 어려운 역경과 실패 속에서도 결코 좌절하거나 포기하지 않고 끝까지 신념을 가지고 도전했다는 사실입니다.

만일 그가 50세까지 견디다 못해 포기했더라면 그는 아마 가장 무능한 정치꾼으로 평가되어 보잘것없는 인물로 잊혀졌을지도 모릅니다. 그러나 그는 끝까지 포기하지 않고 물고 늘어지는 강한 집념 때문에 온 세상이 존경하는 위인에 이르게 된 것입니다.

위대한 인물들의 공통점은 불우한 환경을 탓하지 않고 아무리 어려운 역경에도 좌절하지 않았으며, 남들이 다 포기할 때도 포기하지 않고 차근차근 자신의 뜻을 이루기 위해 착실하게 노력해 나간다는 사실입니다.

■ 집념이란 한 가지 일과 한 가지 목표에 끈기 있게 집착하는 것입니다. 꼭 이루고 말겠다는 강한 염원이 깃든 것입니다. 자나 깨나 마음속에서 간절히 떠나지 않는 집요한 생각이 집념입니다. 인간이 이 집념을 가질 때 목표를 향해 온갖 노력을 시도하게 됩니다. 실패를 거듭해도 다시 도전합니다. 결코 실패를 두려워하지 않습니다.

1미터의 차이

미국 메릴랜드 주에 살던 젊은 농부 데이비는 온 미국을 휩쓴 황금열풍(Gold Rush)에 휩쓸려 얼마간의 재산을 정리하여 콜로라도 주의 금광지로 가서 엄청난 금광을 발견했습니다. 그는 그 사실을 숨기고 고향으로 돌아와 친구들을 설득하여 만든 자금으로 기계를 구입하여 광산으로 돌아갔습니다.

금은 자꾸만 쏟아져 나왔습니다. 투자액은 전부 회수되고 거부가 되는 것은 시간문제였습니다. 그런데 어찌된 일인지 갑자기 금맥이 끊어지고 흙덩이만 나오는 것이었습니다. 혹시나 하여 필사적으로 파 보았으나 헛수고였습니다. 그의 무지갯빛 꿈은 순식간에 물거품이 되어 버렸습니다. 그는 결국 체념하고 기계를 고물상에 헐값에 팔아 치우고 맥 빠진 모습으로 고향을 향했습니다.

한편 기계를 헐값에 사들인 고물상 주인은 궁금했습니

다. 그 좋은 징조를 보이던 금맥이 갑자기 끊어져 사라질 수가 있는가에 의문을 가졌습니다. 그래서 그는 광산기사를 고용하여 데이비가 발굴하던 그 자리를 면밀히 조사했습니다. 그 결과 데이비가 오판한 것이란 걸 알아냈습니다. 데이비가 단층광맥의 성질을 몰라서 포기했던 그 자리의 3피트(약 1미터) 아래에 금맥이 흐르고 있었습니다. 그리하여 고물상 주인은 횡재를 하여 거부가 되었습니다. 데이비는 3피트의 끈기 부족으로 어마어마한 부를 누릴 기회를 코앞에서 날려 버린 것입니다.

뒤늦게 신문보도로 이 사실을 알게 된 데이비는 원통해 하기는 했지만 그도 큰 인물이었습니다. 그는 생명보험 외판원이 되어 그 쓰라린 경험을 토대로 한 단계 성숙한 사람이 되었습니다. 그는 보험가입을 권유해서 거절당할 때마다 언제나 마음속으로 자신에게 다짐했습니다.

'나는 의지가 약했기에 3피트 밑에 있는 거대한 황금을 놓쳤다. 이제는 두 번이고 다섯 번이고 거절당할 때마다 결코 단념하지 않겠다.'

그는 끈기와 인내로 보험 판매원으로 일하는 동안 한 달에 백만 달러 이상의 고객 유치에 성공하여 수백만 달러의 재산을 모았습니다.

'의지가 있는 곳에 길이 있다'는 말은 곧 진리와 같습니다. 어떤 일을 기어코 성취해 내겠다는 굳은 의지를 갖는 사람은 바로 그 의지로 모든 장벽을 뚫고 마침내 성취해 냅니다. 어떤 일에 있어 성공을 거두는 데에 필요한 자질은 특출한 재능이라기보다는 굳은 의지의 힘입니다.

■ 하고자 하는 일을 가능케 하는 것이 의지입니다. 즉 목적의식의 힘입니다. 의지는 성공적인 인생을 살아가는 데 절실히 요구되는 자질입니다. 아무리 머리가 명석하고 박식하며 성숙한 성격을 가진 사람이라 하더라도 의지가 약하면 큰 인물이 되기 힘듭니다.

이른바 입지전적인 인물들에게서 발견되는 공통적인 특성은 역시 강인한 의지입니다. 의지란 말에는 지칠 줄 모르는 불굴의 정신, 역경을 이겨내는 용기와 목적을 달성해 내고야 말겠다는 집념이 깃들어 있습니다. 또 그것은 결단력을 뜻하기도 하고 끈기를 가진 열정을 의미하기도 하며 역경을 참고 견디는 인내력을 의미하기도 합니다.

최후의 걸작

미국의 단편작가 오 헨리가 쓴 '마지막 잎새'라는 이야기를 기억할 것입니다. 존시는 심한 폐렴에 시달리며 살아갈 의지를 점점 잃어가며 엉뚱한 자기암시를 갖습니다. 그녀는 창밖으로 보이는 담쟁이 잎이 모두 떨어져 버리면 자신의 생명도 끝나게 될 것이라는 망상에 사로잡힙니다.

"저 잎사귀가 다 떨어지는 날 내 생명도 끝이 나겠지. 내 목숨과 저 담쟁이 잎은 같은 운명이야."

이 부정적인 자기암시는 그녀로 하여금 자연의 법칙에 따라 사라지는 낙엽과 자기의 생명을 동일시하게 만듭니다. 다행히 늙은 화가 베어멘의 최후의 걸작 '마지막 잎새'로 인해 그녀는 의욕을 되찾고 병상에서 일어나게 됩니다.

이 이야기는 자기암시가 얼마나 놀라운 작용을 하는가를 우리에게 가르쳐 줍니다. 사실 자기암시는 놀라운 힘을 가지고 있습니다. 우리는 이 힘을 지혜롭고 올바르게 활용해야 합니다. 우리는 자기에게 밝고 건설적이고 긍정적 암시를 줄 수도 있고 이 이야기에 등장하는 존시처럼 어둡고 파괴적인 암시를 줄 수도 있습니다.

어떤 사람은 '나는 무능력한 사람이다', '무슨 일을 해도 되는 일이 없다'고 자기에게 부정적인 암시를 주어 스스로 불행한 사람, 패배자, 낙오자로 만들어 불행한 운명을 자초합니다.

그런가 하면 '나는 할 수 있다', '하면 된다'는 긍정적인 암시를 주어 스스로를 행복한 사람, 성공한 사람, 발전하는 사람으로 만들어 밝은 미래를 개척해 나가는 사람이 있습니다. 내가 내 마음에 어떤 암시를 주느냐에 따라 내 인생의 성패와 운명이 결정됩니다.

■ 프랑스의 의학자 에밀 쿠에는 암시의 원리와 방법을 질병 치료에 활용하여 크게 명성을 얻은 사람입니다. 그는 병을 고치는 데 필요한 것은 약보다는 회복을 확신하는 마음이라고 했습니다. 그것은 환자 자신이 자기의 병이 점점 나아지고 있다는 암시가 마음속에서 믿음으로 변하면서 그런 저항력을 만들어 낸다는 것입니다. 즉 신념이 마음의 병을 치유케 하는 것입니다.

수상의 금연법

클레망소라고 하면 제1차 세계대전 때 프랑스의 수상을 역임한 사람으로 유럽의 정치계에서 눈부신 활약을 한 대 정치가로 유명합니다. 그는 대단한 애연가였습니다. 그런 그가 어느 날 주치의로부터 다음과 같은 충고를 들었습니다.

"수상 각하, 지금처럼 담배를 계속 피우시면 곧 스스로 목숨을 끊는 결과를 초래할 것입니다."

"그렇다면 어떻게 해야 하오?"

"괴로우시더라도 담배를 끊으셔야 합니다."

의사의 말에 클레망소 수상은 펄쩍 뛰었습니다.

"아니, 이처럼 애지중지하는 담배를 끊으면 나는 무슨 재미로 살라는 겁니까?"

"정 끊으실 수 없다면 하루에 6개비쯤으로 줄이십시오. 이것만은 꼭 지켜 주셔야 합니다."

의사는 진지한 태도로 강력하게 권했습니다. 전쟁 중에

할 일이 태산 같이 쌓여 있는 그였기에 이 충고를 따르지 않을 수 없었으나, 좋아하는 담배를 하루 6개비밖에 못 피우게 하자 그는 벌컥 성난 말투로 내뱉었습니다.

"그런 어린애 같은 취급을 당할 바에야 차라리 담배를 끊어버리겠소!"

수상은 금연을 선언했습니다. 그러나 며칠이 지나고 그의 친구가 방문했을 때 책상 위에는 여전히 시가 상자가 놓여 있고 담배상자의 뚜껑까지 열려 있는 것을 보았습니다. 친구는 빈정거리듯 물었습니다.

"아니, 담배를 끊었다고 들었는데 여전히 이렇게 보란 듯이 담배를 피우고 있는 건가?"

"이 사람아, 내가 그토록 좋아하는 담배는 끊는다 치더라도 보는 것까지 못할 이유는 없지 않은가?"

"하지만 눈앞에 담배를 놓고도 못 피우는 것은 아예 담배를 없애는 것보다 괴로운 일이 아닌가?"

"자네 말에도 일리는 있네, 하지만 고통이 심하면 심할수록 그 뒤의 즐거움은 더 크다고 하지 않는가?"

"그러니까 자네는 담배상자를 열어 놓고 인내심을 시험하고 있는 것이로군."

"그렇지, 이제 머지않아 담배를 봐도 유혹을 느끼지 않을 때가 올 걸세. 하루에도 몇 번씩 담배상자로 손이 가지만 입술을 깨물며 참는다네. 아마 이 고통을 이겨내면 세상을 모두 얻는 것만큼이나 큰 기쁨을 느낄 수 있을 걸세."

그 후 클레망소 수상은 자신과의 끈질긴 싸움 끝에 기어코 담배를 끊는 데 성공했습니다.

■ 인내는 자기와의 싸움입니다. 어떤 상황에서든 자기와의 싸움에서 이길 수 있어야만 뜻을 성취할 수 있고 세상 무엇과 싸워도 이겨낼 수 있는 힘을 얻는 것입니다. 자기를 이기는 자, 인내할 줄 아는 사람이 진정한 승리자가 됩니다. 그래서 프랭클린은 '인내할 수 있는 힘을 가진 사람은 그가 원하는 것을 손에 넣을 수 있다'고 말했습니다.

바위를 꿰뚫는 집중력

중국 한나라 때 이광(李廣)이라는 장군이 있었습니다. 어느 날 비바람이 사납게 부는 밤중에 산길을 가다가 모퉁이에서 갑자기 나타난 범 한 마리를 만났습니다. 다급해진 그는 본능적으로 활을 꺼내 온몸의 기를 모아 시위를 당겼습니다. 그리고 그 화살은 정확히 범에게 명중하였습니다. 그런데 이상한 일이 벌어졌습니다. 범이 화살을 맞고도 비명조차 지르지 않고 그 자리에 그대로 있는 것이었습니다. 이상한 생각에 장군이 가까이 다가가 보니 그것은 범과 같은 형상을 가진 바위였습니다. 비바람이 몰아치는 깜깜한 밤중에 그만 착각을 한 것이었습니다.

장군이 쏜 화살은 바위에 깊이 박혀 있었습니다. 그는 자기의 화살이 바위를 뚫을 정도의 위력을 가졌다는 데 새삼 놀랐습니다. 그래서 그는 화살을 꺼내 다시 한번 그 바위를 향해 활을 쏘았습니다. 하지만 몇 번을 쏘아도 화살은 바위에 박히지 않고 튕겨 나왔습니다.

도대체 왜 그랬을까요? 튕겨져 나온 화살들은 정신력이 부족했기 때문이었습니다. 처음 활을 쏠 때엔 생사의 아슬 아슬한 위기의 순간에 활을 당겼기에 바위에 화살이 박혔지 만, 그 후에 쏜 화살은 생사의 집중력이 부족했으므로 아무 리 쏘아도 화살이 박히지 않았던 것입니다.

이 이야기는 정신력의 힘, 특히 집중력이 얼마나 무서운 힘을 발휘하는가를 잘 보여 주고 있습니다. 집중력은 이처 럼 불가능을 가능으로 만드는 놀라운 힘을 가지고 있습니 다. 이 세상의 위대한 업적은 모두 집중력과 정신통일의 산 물입니다. 우리의 사고와 의지와 신념이 하나의 목표를 향 해 한 방향으로 나아갈 때 무서운 힘이 나타납니다. 비범한 업적, 놀라운 발명, 획기적인 연구, 초인적 능력들은 모두 다 고도로 집중된 정신의 산물이라고 할 수 있습니다.

인간의 가능성은 누구나 거의 비슷한 정도입니다. 그런데 누구는 그 가능성을 월등하게 발휘하고, 누구는 가능성의 10분의 1도 발휘하지 못하는 것일까요? 그것은 머리의 좋고 나쁨을 떠나 집중력을 얼마나 발휘할 수 있느냐의 차이에 불 과합니다. 다시 말하자면 자신의 에너지를 한 점에 집중해서 자신의 능력을 발휘했는지의 여부에 달린 것입니다.

우리가 늘 쪼이는 햇볕은 따스하거나 더운 정도이지만, 볼록렌즈로 태양광선을 집중시키면 불을 일으킬 수 있습니다. 우리의 정신력도 이와 비슷한 점이 있습니다. 일상의 정신력으로는 비록 그리 대단한 힘이 나오지 않지만 일단 집중력이라는 렌즈 위에 에너지를 모으기만 하면 천재와 같은 위대한 일을 할 수 있을 뿐만 아니라 평범한 사람도 집중력을 훈련하면 뛰어난 사람으로 변화할 수 있는 것입니다.

■ 집중력이 없는 사람은 없습니다. 중요한 것은 자기가 가지고 있는 집중력을 최대한 발휘할 수 있는 방법을 터득하기만 하면 공부든 사업이든 자기가 원하는 것을 최대한 얻을 수 있는 것입니다.

정신일도 금석가투(精神一到 金石可透)라는 말이 있습니다. 정신을 한 곳에 집중하면 쇠나 돌이라도 능히 뚫을수 있다는 뜻입니다. 이것은 인간의 정신력을 한 곳에 집중하면 이루어지지 않는 일이 없다는 선현들의 가르침입니다.

사서함 1720호

한 청년이 신문에 난 구인광고를 보았습니다.

'유능한 회계사 구함. 사서함 1720호'

청년은 광고를 보고 즉시 이력서를 냈습니다. 그러나 며칠이 지나도 아무런 소식이 없었습니다. 꼭 취직하고픈 마음에 다시 이력서를 냈습니다. 그러나 여전히 소식이 없었습니다. 사람을 구하지 못했는지 구인광고는 계속 실렸습니다. 청년은 계속 이력서를 제출했지만 회답이 없었습니다.

그래서 그는 우체국을 찾아가 사서함 1720호의 수신인이 누구인지 물어보았습니다. 그러나 우체국에서는 아무도 가르쳐 주질 않았습니다. 우체국장을 찾아가 부탁을 해 보았으나 내부 규정상 밝힐 수 없다는 대답만 할 뿐이었습니다.

마침내 청년은 한 가지 방법을 생각해 냈습니다. 새벽에 우체국으로 달려가 사서함 1720호가 보이는 곳에서 계속 망을 보다가 우편물을 꺼내 가는 직원을 미행한 것입니다.

그 직원이 도착한 곳은 어느 무역회사 사무실이었습니다. 그 청년은 곧장 사장을 찾아가 자초지종을 말했습니다. 그러자 그 사장은 기다렸다는 듯이 말했습니다.

"젊은이, 당신이야말로 내가 찾고 있던 끈기를 가진 사람이오, 당신을 채용하도록 하겠소."

우리는 끈기 없는 사람들을 많이 봅니다. 무슨 일이든 끈질기지 못하고 사소한 장애나 난관에도 쉽게 단념하고 포기하기 때문입니다. 끈기는 일을 성취하게 하는 밑바탕이 되는 힘인데, 끈기가 없다면 무슨 일을 해도 앞날의 희망이 없는 것이 아니겠습니까? 괜히 작심삼일이란 말이 나온 것이 아닙니다.

■ 동기를 유발하는 조건은 무엇일까요? 첫째, 적성에 맞는 일을 하게 되면 끈기는 저절로 생깁니다. 자기의 개성과 적성에 맞는 일을 해야 재미있게 싫증내지 않고 그 일을 할 수 있습니다. 하고 싶은 일을 하는 것이 바로 동기유발이 되는 것입니다.

둘째, 성취하고자 하는 집념이 강하면 끈질기게 일에 전념할 수 있습니다. 집념을 가지면 이를 성취하기 위해 온갖 노력을 기울입니다. 이 집념이 끈기를 만들고 목표를 성취할 수 있게 합니다.

3. 발상의 전환

마음속의 천국

영국을 통일하고 왕국의 기초를 다진 잉글랜드의 왕 윌리엄 1세가 알온에 상륙했을 때, 자갈밭에 발을 헛딛는 바람에 양손으로 땅을 짚으며 엎어졌습니다. 이를 본 신하들이 뒤에서 수군댔습니다.

'상륙하자마자 땅에 엎어지다니! 이건 아무래도 불길한 징조야.'

당황하며 웅성거리는 신하들 사이에 천천히 일어난 윌리엄 1세는 태연한 표정으로 이렇게 말했습니다.

"신의 은총으로 나는 이 땅을 두 손으로 붙들었다. 이제 영국은 나의 것이다. 그리고 나의 모든 것은 여러분의 것이기도 하다."

윌리엄 1세의 신념에 찬 이 한마디에 신하들은 불길한 징조로 여겼던 일이 일순간에 길조로 바뀌어 일제히 환호성을 질렀습니다.

우리나라는 오랜 전부터 까마귀의 울음소리를 불길한 징조로 받아들입니다만 정작 까마귀 자신은 단지 자신의 본능에 따라 울음소리를 내는 것일 뿐입니다. 까마귀의 울음소리는 아무런 예언의 징조가 될 수 없습니다. 그렇기 때문에 까마귀의 울음소리가 불길한 것이 아니라 까마귀가 울면 불길하다고 믿는 사람들의 마음이 문제입니다. 불길한 일이 일어날 것이라 믿기 때문에 기분도 우울해지고 사소한 문제가 생겨도 모두 끌어다 붙이니 '까마귀 울음소리는 불길하다' 는 속설에 스스로의 마음을 구속하는 것입니다. 더구나 우리나라에서 길조라고 여기는 까치는 프랑스에서 흉조로 여기고 있습니다. 이 모두 근거 없는 속설에 지나지 않습니다.

『실락원』의 저자 밀턴은 '마음이 천국을 만들고 또 지옥을 만든다' 라고 했습니다. 그는 천국과 지옥이 따로 있는 것이 아니라 모두의 마음속에 있는 것이라 지적했습니다. 내가 어떻게 생각하고 행동하느냐에 따라 인생은 천국도 될 수 있고 지옥도 될 수 있는 것입니다. 인생의 희로애락은 모두 마음의 산물입니다. 사람들이 생각하는 흉조와 길조는 단지 미래에 벌어질 일에 경솔히 대하지 말고 신중하게 대처하는 경고나 고난에 대한 희망의 의미로 받아들여야 합니다. 그 예언을 맹목적으로 믿고 움츠리거나 경박하게 행동한다면 그야말로 옷에 몸을 맞추는 것처럼 자신을 부자연스럽게 속박하는 일입니다.

일생의 희노애락이 다 마음의 산물입니다. 내가 내 마음을 어떻게 갖느냐에 따라서 즐거운 세상이 될 수도 있고, 괴로운 세상이 될 수도 있는 것입니다.

■ 마음은 나의 주인이며 자아의 근본입니다. 마음은 눈으로 볼 수도 없고 만질 수도 없고 냄새조차 맡을 수 없습니다. 어디에 있는지 알 수도 없습니다.

불가의 선문답에 이런 이야기가 있습니다.

어떤 사람이 노승에게 마음이 괴로워 몹시 아프다고 말했습니다. 그러자 노승은 '그 마음을 꺼내 놓아라. 내가 고쳐줄 테니' 하고 말했습니다. 그러자 마음이 괴로운 사람이 말했습니다. '아니, 보이지도 않는 마음을 어떻게 꺼내 놓으란 말씀이십니까?' 그러자 노승이 말했습니다. '그것 보아라. 보이지도 않는 마음을 가지고 괴로워할 필요가 있느냐? 있지도 않는 것을 가지고 괴로워하지 말거라' 라고 말했다고 합니다.

우박 맞은 사과

미국 뉴멕시코 주의 어느 고산지대에서 과수원을 경영하
는 제임스 영은 사과를 재배하며 통신판매로 전국의 고객에
게 사과를 판매하고 있었습니다. 그는 해마다 독특한 광고
로 늘 많은 주문을 받았습니다.

'만일 보내드린 사과가 마음에 들지 않거든 연락 주십시오.
사과를 반송하지 않더라도 대금을 돌려 드리겠습니다.'

이런 광고로 고객들의 마음을 사로잡았습니다. 그의 사
과는 추운 고산지대에서 재배되기 때문에 매우 맛이 좋았던
탓에 그 사과를 먹어 본 고객은 비록 작은 흠이 있더라도 만
족하여 대금을 돌려 달라는 사람이 거의 없었습니다.

그러던 어느 해, 고운 빛깔을 내는 수확기에 이른 사과가
지난 밤 쏟아진 우박 때문에 곰보처럼 패여 그는 큰 시름에
빠졌습니다. 대다수의 사과가 우박의 피해를 보았기 때문에
손해를 볼 생각에 걱정이 태산 같았습니다.

'에라, 손해 볼 것을 각오하고 한 번 판매를 해 볼까? 아니
야, 그렇게 하면 반송할 것이 뻔한데…… 그럼 어쩌지?

그는 팔짱을 끼고 생각에 잠겨 있다가 사과밭에 떨어진
사과를 몇 개 집어 먹어 보았습니다. 어떤 사과를 먹어도 모
두 달콤하고 향도 좋았으며 과즙도 충분했습니다. 하지만
딱 하나, 겉보기가 몹시 좋지 않았습니다. 그는 무슨 묘안이
없을까 궁리를 하다가 어느 밤, 마침내 묘안을 생각해 냈습
니다. 그리고 다음 날 아침 사과를 발송하기로 결정했습니
다. 전국의 고객에게 배달된 사과상자에는 편지가 한 장씩
놓여 있었습니다.

'보내드린 사과에 우박을 맞은 흔적이 있을 것입니다. 이것
은 고산지대에서 생산되었다는 증거입니다. 고산지대에
서는 이따금 급격한 기온의 하락으로 우박이 내리는 경우
가 있습니다. 하지만 이 급격한 기온의 하락이 바로 사과
맛의 비결입니다. 갑작스럽게 기온이 낮아지면 사과의 육
질을 단단하게 만들어 과당을 농축시키는 역할을 합니다.
맛있게 드시길 바랍니다.'

고객들은 약간의 기대를 가지고 일단 사과를 먹어 보았
습니다.

'정말 맛있군! 이것이 고산지대 특유의 과당인가?'

일단 겉모양을 뒤로 하고 맛을 본 고객들은 저도 모르게 중얼거릴 정도로 그 맛이 훌륭했습니다. 그리하여 그는 기발한 착상으로 큰 손해를 볼 위기를 넘겼으며 오히려 우박 맞은 사과의 수요를 늘리는 결과를 가져오게 했습니다.

■ 문제해결의 열쇠는 깊이 생각하는 데서 찾아야 합니다. 반드시 해결하겠다는 문제의식을 가지고 끊임없이 몰두하다 보면 스스로 상상할 수도 없었던 좋은 생각이 떠오릅니다. 문제의식이 바로 발상의 원천입니다. 생각하고 또 생각해야 합니다. 깊이 생각하면 좋은 생각이 떠오르기 마련입니다. 그리고 깊은 생각에서 방법이 나오고 문제해결의 실마리가 나오는 것입니다.

정승의 관상

중국 당나라 때 배도라는 사람이 있었습니다. 어느 날, 그는 길을 가다가 당시 가장 유명하다는 관상가를 만났습니다. 잘 됐다 싶어 배도는 자기 관상을 한 번 봐줄 것을 청했습니다. 관상가는 한참동안 그를 쳐다보더니 난처한 표정으로 이렇게 말했습니다.

"말씀드리기 민망합니다만, 당신은 빌어먹을 상입니다."

이 말을 들은 배도는 자신의 운명이 초라한 것에 크게 실망했지만, 자신에게 복이 없다면 남을 위해 선행을 베풀 생각으로 남을 위해 열심히 일했습니다. 그렇게 얼마의 세월이 흘렀습니다. 어느 날 그는 우연히 자신의 운명을 보았던 관상가를 다시 만났습니다. 그 관상가는 배도를 찬찬히 살피더니 깜짝 놀라며 이렇게 말했습니다.

"세상에 이럴 수가……, 정말 놀라운 일입니다. 당신의 상이 바뀌었습니다. 당신은 이제 정승이 될 상입니다."

아닌 게 아니라 배도는 훗날 벼슬길에 올라 나중에 정승이 되었다고 합니다.

인간의 길흉화복과 흥망성쇠는 초인적이고 절대적인 어떤 힘에 의해 결정되고 지배되므로 어떠한 노력을 통해서도 이를 바꿀 수 없다고 믿는 사고방식이 운명론입니다. 옛날에는 그런 힘이 실제로 작용한다고 믿었고 지금도 그렇게 믿는 사람들이 적지 않습니다. 그러나 시대의 변화는 인간의 의식구조를 변화시켰습니다. 더구나 과학문명의 발달은 경제적 생산력을 향상시켜 풍요로운 물질적 부를 만들어 냈습니다. 이러한 위대한 창조의 경험은 현대인으로 하여금 주체의식과 자신감을 갖게 하였을 뿐만 아니라 합리적이고 긍정적인 사고방식을 갖게 했습니다.

이런 자아의식의 발달은 인간으로 하여금 자기 자신의 자주적 결단과 노력에 의해 자신의 진로를 스스로 개척하고 창조해 나갈 수 있다는 확신을 가지게 함으로써 운명론은 점차 퇴색하게 되었습니다.

인간사에는 자기의 의사와는 관계없이 결정되는 운명적인 면이 분명 존재합니다. 그러나 인간에게는 운명의 힘뿐만 아니라 자유의지의 힘도 존재합니다. 우리에게는 내 미래를 마음대로 선택하고 결정할 수 있는 자유의지가 있습니다. 이 자유의지가 인간의 운명을 바꾸는 힘입니다.

■ 우리는 운명론의 굴레에서 과감히 벗어나야 합니다. 더는 운명의 나약한 노예가 되어서는 안 됩니다. 오히려 운명에 적극적으로 도전하는 정복자가 되어야 합니다. 운명을 바꿀 수 있느냐 없느냐의 문제는 대개 자기의 의지에 달려 있습니다. 의지가 강한 사람은 비록 불행한 운명을 가지고 태어났지만 자신의 운명을 행복한 삶으로 이끌 수 있습니다.

반면 아무리 행복한 운명을 가지고 태어났더라도 나태하다면 불행한 삶으로 떨어질 수밖에 없습니다. 우리는 분명 운명의 힘보다 강한 의지를 가지고 태어났습니다. 이런 의지와 철학을 가지고 미래를 용감하게 개척해 나가는 삶의 승리자가 되어야 합니다.

세 명의 석공

어느 곳에서 교회 건물을 짓고 있었습니다. 세 사람의 석공이 같은 일을 하고 있었는데 이들의 표정과 일하는 태도가 너무 달랐습니다. 그래서 어느 사람이 그들에게 다가가 물었습니다.

"당신은 왜 그 일을 하고 있습니까?"

첫 번째 석공에게 물었더니 그의 대답은 이러했습니다.

"죽지 못해 이 짓을 하고 있소. 입이 원수라서요."

같은 질문에 두 번째 석공은 이렇게 대답했습니다.

"처자식을 먹여 살리려다 보니 이 노릇을 하고 있답니다."

그런데 세 번째 석공의 대답은 달랐습니다.

"저는 세상에서 가장 아름다운 건물을 짓기 위해 일하고 있습니다. 내가 정성스럽게 이 돌을 쪼면 장엄하고 웅대한 건물이 만들어 집니다. 내 정성과 능력이 하느님께 영광이 된다고 생각하면 기쁨과 보람을 느낍니다."

이 세 사람의 석공의 훗날이 어떠했는지 알 수는 없습니다. 그러나 능히 미루어 짐작할 수는 있습니다. 아마 두 석공의 미래는 여전히 변함없이 돌을 쪼는 석공으로 그쳤을 것입니다. 그들은 의욕이나 보람, 희망과 같은 보다 높은 차원의 성공으로 이끌 계기가 아무것도 없었기 때문입니다. 하지만 세 번째 석공은 결코 석공에 머물지는 않았을 것입니다. 그에게는 건물을 아름답게 만들고자 하는 꿈과 목표가 있었습니다.

아마도 그는 그 방면의 기술자가 되었거나 건축기사, 혹은 건축업자가 되었을지도 모릅니다. 왜냐하면 사고방식과 생활태도가 사람의 미래를 만들어 주는 것이기 때문입니다.

> ■ 자신이 남보다 뒤진다고 생각하는 사람은 그 사람의 능력에 관계없이 항상 뒤쳐진 사람입니다. 그 생각이 그의 행동을 만들기 때문입니다. 만약 어떤 사람이 열등감을 지녔다면 그는 그와 같은 행동을 표출합니다. 또 자신이 중요하지 않다고 느끼는 사람은 정말로 중요하지 않은 사람이 됩니다. 반면 자기가 하는 일에 자신이 적격이라고 생각하는 사람은 그 자리에 어울리는 적임자가 되는 것입니다.

고르디움의 매듭

기원전 333년 겨울, 마케도니아의 알렉산더는 '고르디움의 매듭'을 풀기 위해 그 앞에 섰습니다. 전설에 따라 이 기묘하게 얽힌 매듭을 푸는 사람만이 왕이 될 수 있었기 때문이었습니다.

'어떻게 이 매듭을 풀 수 있단 말인가?'

알렉산더는 매듭을 꼼꼼하고 철저하게 관찰했습니다만 방법을 찾을 수가 없었습니다. 며칠 고민 끝에 마침내 그는 매듭을 푸는 방법을 찾았습니다.

'방법이 중요한 것이 아니라 매듭을 푸는 것이 중요한 것이다!'

알렉산더는 긴 칼을 뽑아 매듭을 향해 내려 쳤습니다. 그러자 매듭이 잘려서 풀렸습니다. 그리하여 알렉산더는 소원했던 왕좌에 올랐습니다. 매듭을 푼다는 것은 매듭을 없앤다는 것을 말합니다. 만약 알렉산더가 그 매듭을 한 올씩 풀려는 고정관념에 사로잡혀 있었다면 아마 영원히 풀 수 없었을지도 모릅니다. 그러면 왕도 될 수 없었을 것입니다. 그러나 그는 문제의 핵심을 파고들어 고정관념을 깸으로써 그 난제를 간단히 해결한 것입니다.

콜럼버스 역시 아무도 생각 못한 방법으로 달걀을 세웠습니다. 달걀의 귀퉁이를 깬 것이 아니라 고정관념을 깬 것입니다. 상식을 뛰어넘는 발상의 전환은 새로운 창조를 가능케 하는 첫 걸음입니다. 둥근 달걀은 세울 수 없다고 생각하는 것이 사람들의 고정관념입니다. 이 선입관 때문에 한 번 불가능하고 어려운 것으로 간주해 버리고 체념하면 영원히 불가능하고 어려운 것으로 남는 것입니다. 이런 경우, 선입관과 고정관념을 깨는 것이 필요합니다.

■ 창의력을 발휘하는 데 가장 큰 걸림돌은 바로 선입견과 고정관념입니다. 이것은 발상을 제한하여 스스로 머리를 굳혀버리는 결과를 낳습니다. '이것이 아니면 안 된다'는 고정관념에서 벗어나 폭넓은 융통성을 가질 때 새로운 아이디어가 창출되는 것입니다.

가장 빠른 때

화술 연구에 대중적 업적을 이룬 미국의 데일 카네기에
게 어느 날 큰 기업체의 사장이 찾아왔습니다.

"선생님, 저는 여러 사람 앞에만 나가면 수줍은 나머지 제
대로 말을 하지 못합니다. 아무리 노력해도 안 되는군요.
전 사원을 모아 놓고 꼭 해야 할 말이 있어도 결국 회람을
돌려 전하고 있습니다. 좋은 방법이 없을까요?"

그래서 카네기는 자신에게 몇 주만 교육 받으면 화술공
포증을 해소할 수 있다고 설명해 주었습니다. 그 사장은 그
다음 날부터 교육을 받기로 약속을 하고 돌아갔습니다. 그
런데 다음 날 그는 찾아오지 않았습니다. 한 달이 지나고 두
달이 지나, 한 해가 가고 마침내 5년이나 지났습니다. 그런
어느 날 그 사장이 찾아 왔습니다.

"선생님, 이제는 더 견딜 수가 없습니다. 오늘부터라도 당
장 시작하겠습니다."

그때부터 그 사장은 카네기로부터 과학적이고 흥미로운 방법으로 화술교육을 받았습니다. 화술교육을 마쳤을 즈음, 그는 언제 어디서 누구 앞이라도 자신 있게 자기의 의사를 유창한 화술로 말할 수 있게 되었습니다. 그는 카네기에게 고백했습니다.

"선생님, 저는 그 당시 이미 늦었다고 생각하고 있었습니다. 그런데 지금 생각해보니 그 때가 가장 빠른 때였습니다. 아쉽게도 5년 전에 시작했다면 지금은 얼마나 큰 발전이 있었을까요?"

카네기는 이렇게 대답했습니다.

"아닙니다. 5년 뒤에 시작하셔도 상당히 빠른 것입니다. 세상에는 10년 뒤나 20년 뒤에도 시작하지 못하는 사람들이 얼마든지 있답니다."

많은 사람들이 강한 의욕을 가지고 있으면서도 막상 실천하려고 하면 좀처럼 첫걸음을 떼지 못하고 주저하거나 포기하는 가장 큰 원인은 실패에 대한 두려움입니다. 인간은 누구나 미지의 세계에 뛰어들 때 두려움을 느낍니다. 그러나 일단 그 세계에 뛰어들면 돌이키기 어렵습니다. 그래서 목표에 도달할 때까지 계속 전진을 하게 되는 것입니다.

'시작이 반'이라는 속담은 그래서 생겨난 것입니다. 일단 시작만 하면 반은 이룬 셈이라는 것이지요. 늦었다고 생각할 때 당장 시작하는 것이 실천력 계발의 첫걸음입니다.

■ 계획만 세워놓고 차일피일 미루다 끝내 실행하지 못하는 사람들이 많습니다. 물론 결단력이 없는 탓이기도 하지만 너무 늦었다고 아예 포기해버리기 때문에 아무것도 할 수 없는 것입니다. 늦었다고 포기하는 바로 그 생각이 그를 영원한 낙오자로 만드는 것입니다. '늦었다고 생각할 때가 가장 빠른 때'라는 말이 있습니다. 이미 늦었는데 어떻게 빠르다고 할 수 있느냐고 생각할 수도 있지만, 그렇게 말하는 사람보다 더 늦은 사람들이 훨씬 많기에 지금 시작하는 것도 빠른 것입니다.

내게 아직 남아 있는 것들

어느 날 저술가이자, 강연자로 유명한 노만 필 박사의 상담실에 중년의 50대 남자가 찾아 왔습니다. 그는 깊은 절망에 빠진 듯 몹시 어두운 표정이었습니다.

"선생님, 이제 제겐 희망이란 아무것도 없습니다. 한 평생 공들여 쌓아 올린 모든 것이 와르르 무너졌습니다. 저는 이제 끝장입니다. 제겐 아무것도 남은 것이 없습니다."

남자는 모든 것을 포기한 것처럼 보였습니다. 박사는 메모지를 들고 그 남자에게 물었습니다.

"정말 당신에게 남은 것이 하나도 없을까요? 무언가 남아 있는 것이 있을 것입니다. 한번 적어 봅시다."

그는 한숨을 내쉬면서 머리를 절레절레 흔들었습니다.

"그러지 말고 한번 따져 봅시다. 부인은 아직 살아 계신가요?"

"물론입니다. 아주 훌륭한 여자이죠. 매우 헌신적입니다."

"훌륭한 부인이 있다고 적겠습니다. 아이들은 어떤가요?"

"세 아이가 있습니다. 공부도 잘하는 편입니다. 제가 실의에 빠져 있는 것을 알고는 힘이 되어 주겠다고 하더군요."

"두 번째는 힘이 되어 주겠다는 세 자녀가 있다고 적겠습니다. 그럼 친구는 있는가요?"

"네, 무척 다정하고 의리 있는 친구가 몇 명 있습니다. 그들은 나를 돕겠다고 말합니다만 저는 거절했습니다."

"혹시 당신은 이제까지 남에게 피해를 준 적이 있습니까?"

"없습니다. 저는 항상 바르게 살려고 노력해 왔습니다. 조금도 양심에 거리낄 일은 하지 않았습니다."

"좋습니다. 그런 당신의 건강은 어떻습니까?"

"아주 좋습니다. 아무런 병도 없습니다."

"그렇군요. 이제 저는 당신이 대답한 것을 정리해 보겠습니다. 첫째 훌륭한 아내를 두셨군요. 둘째 힘이 되어 줄 자녀도 있고요. 셋째 도와주겠다는 마음을 가진 친구도 있군요. 넷째 양심적인 생활을 하고 계시고, 다섯째 건강한 신체를 가지고 계십니다. 자, 보십시오. 조금 전에 당신은 아무것도 가진 것이 없다고 말했습니다. 그러나 제 생각에는 당신만큼 모든 것을 갖춘 사람도 없다고 생각합니다만."

중년의 남자는 부끄러운 듯 싱긋 웃었습니다.

"그러고 보니, 제 형편이 그리 나쁜 것은 아니군요."

모든 것을 잃었다고 절망하던 남자는 몇 마디 대화만 했을 뿐인데 자신이 그리 절망적이지 않다는 사실을 깨달았습니다. 이렇듯 절망과 희망은 단순한 인식의 차이에서 비롯됩니다.

■ 남이 나를 어떻게 보는가는 중요한 문제입니다. 그러나 내가 나를 어떻게 보는가는 더 중요한 문제입니다. 스스로를 어떻게 보는가를 심리학이나 철학에서는 자아관이라고 합니다. 자아관에는 두 종류가 있습니다. 하나는 부정적 자아관이고 다른 하나는 긍정적 자아관입니다.

부정적 자아관을 가진 사람은 자기를 과소평가하고 자신의 미래에 대해 비관하며 자포자기의 심정으로 종종 좌절감에 빠집니다. 인생에서 자신감과 희망을 잃는 것만큼 무서운 것은 없습니다.

드골의 선택

결단과 관련하여 극적인 대조를 보인 두 사람의 삶이 있습니다. 그것은 프랑스의 페탱 원수와 드골 장군의 경우입니다.

페탱 원수는 제2차 세계대전 때, 독일의 히틀러와 정책적 협조를 한 죄로 매국노의 이름으로 사형선고를 받았습니다. 그러나 페탱 원수는 프랑스를 사랑한 인물이었으며 프랑스 국민을 위해 최선을 다한 인물로 국민들로부터 큰 지지를 받아온 인물이있습니다. 그런데 왜 그가 매국노로 매도당하고 국가반역죄의 오명을 쓰고 말았을까요? 그 이유는 단 하나, 결단력이 없었기 때문입니다.

독일의 기갑부대는 기동력이 부족한 프랑스군을 순식간에 격파하고 프랑스 정부는 항복을 하고 말았습니다. 페탱은 독일과 휴전협정에 조인하고 의회의 지지를 받아 국가 주석이 됩니다.

그는 독일 군정을 거부하고 프랑스 정부를 보전함으로써 국민의 생명과 재산을 지키려고 했습니다. 연합군이 북아프리카에 상륙했을 때, 페탱은 독일군이 휴전협정을 파기하고 쳐들어 올 것이라 판단하고 휘하에 있는 10만 군대를 지휘하여 독일군과 결전을 고려했습니다. 그리고 전군에 전투태세를 갖추라고 비밀리에 명령을 내리려 하고 있었습니다.

그러나 페탱은 끝내 결단을 내리지 못했습니다. 10만 병력으로 독일군과 맞선다는 것은 마치 달걀로 바위를 막는 것과 같은 것이라 훗날의 보복에 의해 국민이 크게 피해를 입을 것이라 생각하니 망설이지 않을 수 없었던 것입니다.

반면 드골 장군은 결사항전을 외치며 영국으로 망명하여 임시정부를 수립하고 자유 프랑스의 지도자가 되었습니다. 미국이 프랑스에 진주했을 때, 그는 미국의 반대를 무릅쓰고 자유 프랑스의 단 하나뿐인 기갑사단을 동원하여 파리로 성대한 입성식을 단행하였습니다. 그는 백만 군중의 환호를 받으며 구국의 영웅으로 화려하게 귀국한 것입니다.

결국 페탱은 결단의 순간에 주저하다 굴욕 속에 죽었고 드골은 단호한 결단으로 구국의 영웅이 되었습니다. 이 두 사람의 선택의 결과는 극적인 교훈을 남깁니다. 결단을 실천에 옮기는 사람이 결국 승자로 남는 것입니다.

■ 성공과 실패는 결단을 내리는 용기에 의해 결정되는 것입니다. 생사가 엇갈리고 승패가 엇갈리는 결단의 순간에 누가 더 분명하게 행동으로 옮기느냐가 한 순간에 성공과 실패를 판가름합니다. 행동의 목표를 달성하기 위해서는 냉정한 판단력이 요구됩니다.

그러나 아무리 정확하게 앞을 내다보고 냉정하게 판단을 했다고 하더라도 그것을 실천할 수 있는 결단력이 없다면 생각은 무의미한 것입니다. 중요한 것은 결단을 행할 수 있는 용기가 있느냐 없느냐에 따라 인생의 성패가 좌우되는 것입니다.

주사위는 던져졌다

기원전 49년, 대 로마제국의 야전사령관 시저는 원로원의 허락 없이는 누구도 건널 수 없는 국경을 넘었습니다. 당시 시저는 로마의 실권자였던 폼페이우스와 대립관계에 있던 터라 결단을 내리지 않으면 안 되는 상황이었습니다.

그러나 국경선인 루비콘 강을 앞에 두고 당대의 영웅 시저도 망설이지 않을 수 없었습니다. 만약 국법으로 금지하고 있는 국경 침입이 실패로 돌아간다면 역적으로 몰려 처형될 운명에 놓이게 될 것이 분명했기 때문입니다. 생사의 기로에서 시저는 결심을 굳혔습니다. 그의 표현대로 주사위는 이미 던져진 것이었습니다.

시저는 국경을 넘어 로마로 진군하였습니다. 그리고 반대파를 격파하고 로마를 완전히 정복하여 전권을 장악하였습니다.

이처럼 위대한 결단은 때로 죽음을 초래할 지도 모르는

위험을 감수해야만 이룰 수 있는 경우가 있습니다. 만약 시저가 그때 결단의 시기를 놓치거나 주저했다면 오늘날 역사는 크게 달라졌을 것입니다. 오늘날 시저가 영웅으로 불리는 까닭은 그가 내린 결단의 가치가 높게 평가되었기 때문입니다.

어느 연구소에서 실패를 경험한 적이 있는 2만 5천 명을 대상으로 '실패의 주요 원인이 무엇인가?'를 조사했더니 31가지 주요 원인 가운데 '결단력 결핍'이 가장 많은 것으로 밝혀졌다고 합니다. 인생에 있어서 우리는 수많은 결단을 내려야 합니다. 그러나 결단은 대단한 용기를 필요로 하기 때문에 때로 시기를 놓치게 되는 일이 있습니다.

결단의 시기를 결정하는 데 있어서는 현명한 판단을 내리는 일 못지않게 그 결단의 시기를 언제로 하느냐 하는 그 순간의 선택이 더 어렵고 중요하다는 것을 잊어서는 안 됩니다.

앞의 조사 결과는 생사가 갈리고 승패가 갈리는 결단의 시기를 누가 더 의연하게 대처해 나가느냐에 따라 성공하는 사람과 패배하는 사람이 된다는 것을 시사해 주고 있습니다. 결단을 내려야 하는 루비콘 강은 시저에게만 있는 것이 아닙니다. 누구에게나 건너야 할 루비콘 강이 있습니다. 전진할 것인지 후퇴할 것인지 기로에 서게 되면 로마의 시저처럼 결단을 내리십시오.

■ 우리가 어떤 일에 부딪혔을 때 그 일의 옳고 그름을 판단하거나 선택을 하는 것을 결단이라고 하며, 그 결단에 따라 결심을 하고 실천하는 힘을 결단력이라고 합니다. 우리가 결단을 내릴 때 신중하게 판단하여 잘못이 없도록 하는 것이 바람직합니다. 일단 판단을 거친 일은 지체 없이 실천에 옮기는 결단이 필요합니다. 이런 일을 우물쭈물 시간을 끌며 주저하면 기회를 놓치기 쉬우며 그렇게 망설이는 사람은 큰일을 할 수가 없습니다.

예나 지금이나 위인은 위인이 된 까닭이 있고 영웅은 영웅이 된 까닭이 있습니다. 이런 사람들은 한결 같이 중요한 시기에 처했을 때 상황을 잘 살펴 기회를 놓치지 않는 결단력으로 사태를 용기있게 전환시킨 사람들입니다.

일곱 번째 도전

지금처럼 영국이 통합되지 않고 스코틀랜드와 잉글랜드로 나뉘어 서로 전쟁을 하고 있었던 1,300년 경, 스코틀랜드에 로버트 브루스라는 왕이 있었습니다. 브루스 왕은 무척 자애롭고 현명하였으며 또 용맹스러웠습니다. 하지만 잉글랜드 왕 에드워드가 침략해 왔을 때, 이를 물리치고자 직접 군사를 이끌고 맞서 싸웠으나 힘이 우세한 잉글랜드 군을 도저히 당해 낼 수가 없었습니다. 연전연패한 스코틀랜드의 왕은 뿔뿔이 흩어져 북으로 쫓겨 가다가 어느 산골짜기 농가의 오두막에서 밤을 보내게 되었습니다.

'세상에 이럴 수가 있단 말인가? 여섯 번을 싸웠는데 여섯 번 모두 패해서 도망을 치다니……, 아아, 무용을 자랑하던 우리 왕가도 이것을 끝장나는 것인가?'

브루스 왕은 스코틀랜드의 운명을 한탄하며 날이 새도록 곰곰이 생각해 보았으나 결국 자기의 일생도 초라한 오두막에서 마치는 수밖에 없다고 생각하자 깊은 시름에 빠졌습니다. 그때 우연히 처마 끝을 보니 거미 한 마리가 오두막집 추녀 밑에서 건너편 나뭇가지에 거미줄을 치려고 애쓰고 있었습니다. 한번 내린 줄이 바람에 날려 닿지 않으면 다시 반복해서 줄을 치고 있었습니다. 하지만 계속해서 실패를 거듭하는 거미를 보며 그는 쓰디쓴 웃음을 지으며 중얼거렸습니다.

'가엾은 녀석, 너도 나처럼 여섯 번이나 쓴 잔을 맛보지 않으면 안 되겠구나.'

하지만 거미는 여섯 번을 실패하고도 다시 일곱 번째 줄을 뽑아 다시 버둥거리며 줄을 치려고 시도를 했습니다. 그리고 마침내 건너편 나뭇가지에 줄을 잇는 데 성공하고 그다음부터는 순조롭게 거미줄을 완성하는 것이었습니다. 브루스는 감탄을 하며 일어섰습니다.

'바로 이것이다. 거미 같은 미물도 저렇게 끈질기게 참으며 노력하는데 하물며 인간의 왕인 내가 여섯 번 실패했다고 좌절을 하다니. 좋다, 나도 다시 도전할 것이다.'

이렇게 다짐한 브루스는 바로 산을 내려와 잔여병력을 모아 때를 놓치지 않고 승리에 도취해 있는 적군을 향해 돌풍 같은 기세로 공격을 감행했습니다. 잉글랜드 군은 갑작스런 기습에 우왕좌왕하며 가을 낙엽처럼 쓰러졌습니다. 의기양양해진 스코틀랜드 군은 무서운 기세로 잉글랜드 군을 쓸어버렸습니다.

결국 전투는 스코틀랜드 군의 대승으로 끝이 났습니다. 우리가 어떤 난관에 부딪쳤을 때 이것을 뚫고 나가는 힘은 용기 있는 결단력입니다. 결단력이 있는 사람이 진짜 용기 있는 사람입니다. 성공과 실패는 결단을 내리는 용기에 의해 결정되는 것입니다.

■ 용기는 씩씩하고 늠름한 기상이자 두려워하지 않는 정신입니다. 어려운 일을 당했을 때 두려워하지 않고 용감하게 앞으로 나가는 것이 용기입니다. 용기 있는 자는 시련을 극복할 수 있고, 역경을 이겨낼 수 있으며 신념을 완성할 수 있습니다. 용기는 곧 인생을 발전시키는 원동력입니다.

마지막 자존심

조선조 영조 때 일입니다. 당시 청나라에서 칙사가 오면 임금이 몸소 서대문 밖에 있던 모화관까지 나아가 영접을 해야만 했습니다.

영접행사가 한창 진행되고 있는데 난데없이 돌멩이 하나가 날아와 청나라 칙사의 머리를 정통으로 맞췄습니다. 맞은 사람도 그렇지만 영접행사를 위해 나와 있던 사람들의 당황과 놀라움은 그야말로 경천동지할 일이었습니다. 당장 온 도시가 발칵 뒤집혀진 것은 말할 것도 없었습니다. 그도 그럴 것이 청나라 황제의 칙사를 욕되게 하였으니 그 후환은 실로 두려운 것이었습니다.

그 돌멩이를 던진 범인은 먼발치에서 구경하던 사람들 사이에서 날아온 것이라는 것을 유추하기는 그리 어렵지 않은 것이었습니다. 포도대장은 잠시 생각했습니다. 돌을 던진 사람은 흔한 보통사람이 아니라 우국충정을 품은 뜻을 가진 사람이란 생각이 들었습니다. 아마도 그 인근에서 활을 쏘며 어울리는 모화관 한량패들 가운데 한 사람이라는 생각을 했습니다. 그래서 은밀히 조사한 끝에 서유대(徐有大)라는 청년을 지목하여 어느 날 그를 술자리에 초청하였습니다. 거나하게 취했을 무렵, 그의 마음을 떠보았습니다.

"청나라 사신도 이번엔 혼이 났을 거야. 누가 한 행동인지는 모르나 정말 가슴이 후련한 일이었네."

"그렇고말고요. 제 놈이 칙사면 칙사지, 우리 전하 앞에서 그 방자한 꼬락서니라니 분통이 터져서 볼 수가 없더군요."

"그거, 자네가 한 일인가?"

포도대장이 불쑥 묻는 바람에 서유대는 그만 사실을 말하고 말았습니다. 그렇게 돌을 던진 범인은 잡았으나 포도대장은 우국충정의 마음에서 저지른 일로 앞길이 창창한 젊은이를 벌할 수 없었습니다. 포도대장은 궁리 끝에 옥에 갇혀 있는 사형수와 범인을 바꿔치기하려는 꾀를 냈습니다. 사형수 역시 기왕 죽을 운명이니 차라리 이름이라도 남기고 죽겠다는 생각으로 흔쾌히 자신을 범인으로 만드는 일에 동의했습니다.

포도대장은 그 사형수를 청나라 칙사 앞으로 끌고 가 엎드려 사죄하게 만들었습니다. 그리고 그의 목을 쳐야 할 일만 남게 되었습니다. 그런데 청나라 칙사는 뜻밖의 말을 하였습니다.

"이 자의 소행은 괘씸하기 짝이 없으나 제 나라 임금에 대한 충정으로 한 짓이니 용서해 주기로 합시다."

청나라 칙사도 그 일에 대한 전말을 이해하고는 오히려 죄를 사하여 줄 것을 부탁하는 것이었습니다. 포도대장의 지혜는 이렇게 두 사람의 목숨을 구하고 서유대는 훗날 훈련대장의 지위까지 올랐습니다.

> ■ 개인에게는 자존심이 있기 때문에 남에게 업신여김을 받지 않고 스스로의 체통과 체면을 지켜 떳떳하게 살 수 있습니다. 마찬가지로 민족에게는 민족적 자존심이 있기에 긍지와 자부심으로 늠름하게 살 수 있는 것입니다.
> 그러나 자존심을 지킬 힘이 남아 있지 않으면 남에게 멸시와 수모를 받고, 민족 또한 다른 민족의 지배를 받게 되는 것입니다. 그래서 자존심이 강한 사람이나 민족은 스스로의 실력과 힘을 기릅니다. 그것이 자존심과 주권을 지키는 유일한 길이기 때문입니다.

배수의 진

한(漢)나라의 명장 한신(韓信)은 백전백승의 기세를 타고 조(趙)나라로 진격해 나아갔습니다. 조나라 왕은 급거 30만의 군사를 정경이라는 좁은 골짜기의 출구에 집결시키고 견고한 성을 쌓아 한신의 군대가 오기를 기다렸습니다.

한신은 정경의 좁은 골짜기에 진군하여 출구의 십 리쯤 밖에서 밤이 되기를 기다렸다가 한밤중에 다시 진군하였습니다. 우선 2천 명의 기병을 선별하여 한나라의 깃발인 붉은 기를 한 개씩 나누어 주면서 이렇게 명령했습니다.

"너희들은 지금부터 조나라의 성 부근에 있는 산으로 숨어 들어가 매복해 있으라. 우리 군은 내일의 전투에서 거짓 패주를 할 것이다. 이를 본 적군이 전군을 몰고 우리를 추격하는 틈을 타서 너희들은 적의 성으로 들어가 적기를 뽑고 붉은 기를 세우도록 하라."

이렇게 말한 한신은 1만여 명의 군대로 하여금 강물을 등지고 진을 치게 한 다음, 본대를 골짜기 앞쪽으로 진군시켰습니다. 날이 밝자 한신은 북을 치며 요란하게 공격해 들어갔습니다. 조나라 군대는 기다렸다는 듯이 성문을 열고 응전했습니다.

수차례에 걸쳐 싸우다가 한신은 예정대로 퇴각하여 배수의 진에 합류하도록 하였습니다. 승기를 잡았다고 생각한 조나라 군대는 이때를 놓칠세라 기세등등하게 전군을 이끌고 추격을 했습니다. 그리고 한신의 예측대로 성안은 텅 빈 상태였습니다. 그 틈을 타 산에 숨어 있던 기병대가 재빨리 성 안으로 들어가 성벽의 깃발을 모두 한나라의 깃발로 바꾸어 버렸습니다.

한편 강물을 등진 한신의 군대는 퇴각을 하려고 해도 더이상 물러설 수가 없었기 때문에 죽기 살기로 분전했습니다. 그리하여 마침내 조나라 군대의 기세를 꺾을 수 있었습니다. 후퇴를 하던 조나라 군대는 성으로 돌아가려 했으나 이미 거기에는 한나라의 깃발이 휘날리고 있었습니다. 혼란에 빠진 조나라 군대는 갈 곳을 잃고 우왕좌왕하다가 한나라 군대가 앞뒤에서 공격해 오는 바람에 사기를 잃고 마침내 패전하고 말았습니다.

이런 일이 전쟁에서만 일어나는 것은 아닙니다. 우리들의 일상에 있어서도 의욕을 일으켜 무언가 역전시켜 달성하려면 스스로 빠져나갈 핑계를 차단하여 버리는 것이 효과적일 때도 있습니다. 막다른 골목에 몰리면 단호히 분발하여 전에 없었던 막강한 힘을 발휘할 수 있으며, 역전의 발상으로 불가능하다고 생각되는 것도 가능으로 바꿔놓을 수가 있게 되는 것입니다.

■ 손자병법에 배수의 진이라는 병법이 나옵니다. 배수의 진을 친다는 것은 강을 등져 물러설 곳을 막은 후에 결사의 정신으로 싸우면 승리를 쟁취하게 된다는 병법입니다. 강물을 등지고 있으니 병사들은 도망가려 해도 도망갈 곳이 없으니 그야말로 목숨을 걸고 살기 위한 집념으로 싸우게 됩니다. 절체절명의 궁지에 처하면 오히려 공포는 사라지고 병사들은 단결하여 보통때보다 몇 배나 되는 큰 힘을 발휘하게 되는 것입니다.

필요는 발명의 어머니

양치기 소년인 조셉은 양이 울타리를 넘어 도망치지 못하게 하려고 철조망을 발명했으며 세일즈맨 질레트는 얼굴에 상처를 내지 않고 손쉽게 쓸 수 있는 면도기가 필요했기에 안전면도기를 발명했습니다. 이렇듯 발명은 필요한 것을 얻으려는 노력에서 시작하는 것입니다.

그런데 많은 사람들은 발명이 에디슨이나 왓트 같은 천재들이나 하는 것이라고 생각하고 어렵게 생각합니다. 그러나 발명은 누구나 할 수 있습니다. 순간적으로 스쳐 가는 아이디어를 잡아내느냐, 놓치느냐가 성공을 좌우합니다.

한 평 남짓한 작은 공장에서 소자본으로 전기 소켓을 만들고 있던 마쯔시다 고노스케는 '좀 더 편리한 소켓을 만들 수 없을까? 하는 생각을 하며 거리를 걷고 있었습니다. 그때 거리의 한 상점에서 전깃줄 하나를 가지고 두 사람이 싸우고 있었습니다. 한 사람은 전등을 켜야겠다고 주장하고

한 사람은 전기인두를 써야겠다고 다투고 있었습니다. 이 광경을 보다 그는 '번쩍' 하고 아이디어가 떠올랐습니다.

'두 개짜리 소켓이 있다면 싸울 필요가 없을 텐데.'

바로 이 생각으로 두 개짜리 소켓을 만들었습니다. 그리고 이 소켓은 큰 인기를 끌었고 많은 돈을 벌 수 있었습니다. 마쯔시다가 두 개짜리 소켓을 발명한 다음 고안한 것이 양초 대신 쓰는 작은 전구와 건전지를 이용한 자전거 램프였습니다.

비록 작은 발명이었지만, 이 두 가지 발명으로 마쯔시다는 오늘날 내쇼날 상표의 전기기구 제품으로 유명한 일본의 마쯔시다 전산의 기초를 만들었던 것입니다.

발명을 하고자 하는 사람은 '보다 나은 방법이 없을까?', '어떻게 하면 좀 더 좋은 방법으로 개량하거나 해결을 할 수는 없을까?' 하는 문제의식에 투철해야 합니다. 질레트라는 세일즈맨은 늘 얼굴에 상처를 내지 않는 면도기를 만들 수 없을까라는 문제의식을 가지고 골똘히 생각을 하다가 우연히 맥주병 병마개의 들쭉날쭉한 모양을 보고 안전면도기의 아이디어를 얻었습니다. 이처럼 문제의식을 가지고 꾸준히 생각하는 사람은 발명의 실마리를 잡을 수 있습니다. 이런 작은 발명이라면 누구든 충분히 할 수 있는 것입니다.

■ 흔히 발명이라고 하면 어떤 특출한 사람이 아니면 할 수 없다고 생각하는데, 이것은 잘못된 생각입니다. 누구나 약간 생각을 바꾸면 발명만큼 재미있고 쉬운 것도 없습니다. 일상생활에서 무언가 곤란한 일에 부딪혔을 때 '어떻게 하면 해결할 수 있을까?' 하는 생각을 품었다면, 그 사람은 이미 발명가의 소질이 있는 것입니다. '필요는 발명의 어머니' 라는 말이 있습니다. 어떤 필요가 생기면 자연히 관심을 갖게 되고 거기에 관심을 쏟게 되면 자연히 좋은 아이디어가 떠올라 발명을 하는 것입니다.

10센트의 크기

    록펠러라면 세계적으로 유명한 대재벌이지만 그는 본래 일개 점원으로 시작해 스탠더드 석유회사를 설립하여 거대한 부를 축적한 인물입니다. 그는 성공 후에도 가난했던 시절을 잊지 않고 점심식사는 늘 검소하게 토스트나 감자튀김 같은 싸구려 음식을 먹곤 했습니다. 그는 식사대금으로 늘 35센트와 15센트의 팁을 지불했습니다. 그러던 어느 날 종업원이 내민 계산서를 보니 45센트라고 쓰여 있었습니다. 그는 종업원을 불러 10센트의 오차를 지적하고 35센트로 정정한 다음 그날은 팁을 5센트만 지불했습니다. 그러자 종업원은 기가 막힌다는 표정으로 말했습니다.

    "내가 당신 같은 갑부라면 창피해서라도 겨우 10센트 정도를 가지고 따지지는 않을 것입니다."

    그러자 록펠러는 자리에서 일어나며 말했습니다.

    "만약 자네에게 10센트를 소중히 여기는 마음이 있었다면 이런 착오는 없었을 걸세. 그리고 아직 자네 나이에 종업원이나 하고 있지도 않았을 테고. 작은 돈을 소중히 여길 줄 알았다면 아마 지금쯤 자네는 사업가로 명성을 가지고 내 주목을 받는 인물이 되어 있었겠지."

이 이야기는 푼돈을 째째하게 쓰는 사람의 이야기가 아니라 그 속에 담긴 절약의 마음가짐을 일깨우는 이야기입니다. 푼돈의 소중함을 알게 될 때 사람은 절약을 하고 낭비를 하지 않습니다. 부지런히 일하고 절약하며 검소하게 사는 생활태도에서 돈은 모여 훗날 부자가 되는 것입니다.

■ 돈은 소중합니다. 돈은 인간의 욕망을 충족시키는 기본적인 수단이며 우리 생활을 윤택하고 편리하게 합니다. 그리고 안락함과 쾌적한 삶을 영위할 수 있는 수단을 제공합니다. 돈은 우리에게 경제적 독립을 보장해줍니다. 경제적 독립은 인격적 독립의 기초가 되기 때문에 경제적인 독립이 없이는 양심과 인격을 제대로 지키기가 어려울 때가 많습니다. 우리는 일정 수준의 인격을 보장 받으려면 그에 걸맞는 돈을 소유해야 합니다.

이처럼 돈은 필수불가결한 것이지만 벌기는 그리 쉽지 않습니다. 돈을 벌기 위해서는 먼저 돈의 소중함을 깨달아야 합니다.

잡지 왕의 묘안장

세계적으로 가장 메모를 잘하는 사람들로 알려진 일본인들은 기록을 잘하고 이를 적절히 잘 활용하는 사람들입니다. 일본의 잡지 왕으로 이름난 고단샤의 노마 세이지 사장은 회사업무의 대부분을 신뢰할 수 있는 사람들에게 맡겨놓고 자신은 오로지 머리를 짜내는 일과 계획을 세우는 일에 집중했습니다. 그는 묘안장(妙案帳)이란 수첩을 만들어 회사에 도움이 되는 아이디어를 수집하는 대로 적어 넣었습니다.

그는 이 묘안장을 잠시도 잊지 않고 늘 지니고 다녔습니다. 그래서 언제 어디서든 좋은 생각이 나면 빠짐없이 꼼꼼히 적어 넣었습니다. 길을 걷다가도 적어 두고, 남의 얘기를 듣고 있을 때도 적어 놓고, 신문을 보다가도 적어 넣었습니다. 하여간 좋은 생각이라고 떠오르면 무조건 묘안장에 적어 넣었습니다. 그렇게 그는 오로지 궁리하는 일에만 몰두하였습니다.

이 회사가 좋은 아이디어를 많이 내서 세계 유수의 잡지사와 출판사로 발전할 수 있었던 것은 그의 끊임없이 궁리하는 창의력에 힘입은 것은 두말할 나위가 없는 것입니다. 좋은 아이디어가 필요하면, 그 생각이 어떤 것이라도 메모하는 습관이 중요합니다. 그것이 언젠가는 유용하게 쓰일 날이 있을 것입니다.

'저 사람은 곧잘 아이디어를 생각해 내는데 나는 도대체 생각이 나지 않는단 말이야. 도대체 어떻게 그럴 수가 있는 거지?'

가끔 이런 푸념을 늘어놓는 사람을 봅니다. 그리고 지식이나 경험이 풍부한 사람들도 좀처럼 아이디어를 내지 못하는 사람들이 적지 않습니다. 그것은 강한 문제의식이 없었다거나 고정관념에 얽매여 융통성이 없었다는 이유도 있겠지만 평소에 도움이 될 만한 관련 정보를 축적해 놓지 못했다는 데에 원인이 있습니다. 좋은 아이디어를 내놓고 싶다면 어떤 것이든 간에 아이디어가 될 만한 것은 모두 메모해 둡시다. 이것은 반드시 다음 발상의 씨앗이 될 것입니다.

■ 기억이라는 것은 시간이 흐르면 자연히 잊혀지는 것이고 억지로 생각을 하려고 해도 좀처럼 기억이 되살아나지 않습니다. 이런 때 기억을 고스란히 저장해 놓은 메모가 중요한 것입니다.

아이보리 비누와 베이클라이트

물에 뜨는 비누로 잘 알려진 아이보리 비누가 있습니다. 가볍기도 하거니와 세척력도 좋은 이 유명한 비누는 훌륭한 아이디어에서 나온 제품이 아니라 실패에서 얻은 제품이란 것을 아는 사람은 많지 않습니다.

미국의 어느 비누공장의 직공이 제조과정 중에 있는 비누를 끓이다가 점심식사를 하러 나가며 기계 스위치를 끄는 것을 잊었습니다. 한 시간 후에 돌아와 보니 공장 안은 온통 비누 거품으로 가득 차 있었습니다. 너무 끓여서 못 쓰게 된 비누를 보며 공장 사람들은 몹시 당황할 수밖에 없었습니다. 아까운 재료를 망쳤으니 그냥 버리지도 못했습니다. 그래서 좋은 방법을 궁리하다가 뜻밖의 사실을 발견하고는 모두 놀라게 되었습니다. 거품을 눌러 비누로 만들었더니 가벼워서 물에 뜰 뿐만 아니라 세척력도 다른 제품보다 우수하다는 사실이었습니다. 이 비누를 판매하자 소비자들로부터 좋은 반응과 함께 폭발적인 인기를 끌었습니다. 그 회사가 지금의 프록트 앤드 갬블이라는 재벌로 성장하였습니다.

또한 이런 제품도 있습니다. 베이클라이트(Bakelite: 합성수지로 만든 성형제의 상표)를 발명한 사람은 베이클랜드라는 사람으로 이 제품 역시 실패에서 얻은 제품이었습니다. 그는 장뇌(樟腦)의 대용품을 만들어 보려고 석탄산과 의산, 염산 등을 혼합하여 가열하며 실험을 했습니다. 그러던 어느 날, 이 혼합물이 식어 단단한 덩어리가 되었습니다. 이 덩어리를 제거하기 위해 여러 가지 약품을 사용해 녹여 보려 했지만 도저히 녹일 수가 없었습니다. 조수가 실망한 듯 말했습니다.

"녹이지도 못하고 깨지지도 않습니다. 전기도 흐르지 않으니 이건 어쩔 도리가 없군요."

그때 베이클랜드의 머릿속에 무언가 희망의 생각이 스쳤습니다.

'이것은 어쩔 도리가 없는 쓸모없는 것이 아니라 굳어지지 않은 상태에서 틀에 넣어 굳히면 깨지지도 않고 어떠한 액체에도 녹지 않으니 쇠파이프 대용으로도, 단단한 판자 대용으로도, 또 전기 절연물로 쓸 수 있는 좋은 재료가 되는 것이 아닌가?

실패한 실험에서 그는 생각지도 않게 베이클라이트라는 대 발명품을 얻은 것입니다. 이렇듯 실패라는 지극히 명확한 사실을 뒤집어 보면 그 속엔 뜻밖의 참신하고 혁신적인 사실이 숨겨져 있는 경우가 있습니다. 창조적 사고가 실패조차도 새로운 발명으로 만들어 놓은 것입니다.

> ■ 실패라는 지극히 명확한 사실을 뒤집어 보면 그 속엔 뜻밖의 참신하고 혁신적인 사실이 숨겨져 있는 경우가 있습니다. 창조적 사고가 실패조차도 새로운 발명으로 만들어 놓은 것입니다. 실패를 했을 때, 그 원인과 결과의 인과관계를 꼼꼼히 잘 살펴 문제를 해결하려는 의지와 창의적인 발상이 더해진다면 실패조차도 전화위복으로 바꿀 수 있는 좋은 계기가 되는 것입니다.

서커스단의 코끼리

‘서커스단의 코끼리’ 라는 이야기가 있습니다. 이 이야기는 우리에게 습관의 힘이 얼마나 무섭고 중요한 것인지를 일깨워 줍니다.

코끼리는 육상에 서식하는 동물 중에서 몸집이 가장 크고 힘이 센 동물로 아프리카 대륙과 서남아시아의 밀림지대에서 백수의 왕으로 군림하며 살고 있습니다. 육지의 어떠한 동물도 감히 대적할 수 없을 만큼 거대하고 강한 동물입니다. 그러나 이처럼 엄청난 힘을 가진 코끼리도 서커스 공연장에 가면 그 큰 덩치가 조그마한 말뚝에 묶여 힘없이 서 있는 것을 보게 됩니다. 그 엄청난 힘을 가진 지상 최대의 동물이 왜 자기가 가진 힘을 발휘하지 못하고 힘빠진 강아지 꼴이 되어 말뚝에 묶여 있는 것일까요?

그것은 습관의 함정에 빠져 있기 때문입니다. 코끼리는 어린시절, 힘이 약할 때에도 똑같은 말뚝에 묶여 있었습니다. 어린 코끼리가 몸부림을 칩니다만 말뚝을 뽑기엔 아직 힘이 모자랍니다. 그래서 몇 번이고 말뚝을 벗어나려고 시도를 하다가 끝내 포기하고 맙니다. 그렇게 세월이 흘러 코끼리도 성장하여 몸집도 커지고 힘도 세어집니다만, 더 이상 그 말뚝을 뽑아 버릴 시도를 하지 않습니다. 어릴 때의 불가능했던 기억 때문에 자신에겐 그 말뚝을 뽑아 버릴 힘이 없다고 생각해 버리는 것입니다. 코끼리는 1톤 정도의 무게는 거뜬히 들어올리는 엄청난 힘을 가진 동물이지만, 어린시절의 습관에 의해 얌전한 강아지처럼 변해 버리는 것입니다. 그래서 자기의 타고난 힘을 쓰지도 못하고 평생 조그만 말뚝에 묶여 지냅니다.

이 코끼리의 이야기는 우리 자신들의 이야기일 수도 있습니다. 어린시절의 습관을 가지고 성장한 후에도 동일하게 산다면 스스로의 능력을 외면하는 것처럼 어리석은 일입니다. 좋은 습관을 만든 사람은 그 좋은 습관으로 자기의 능력을 향상시키고 행복한 삶을 누리며 성공의 길을 걷지만 그릇된 습관을 만든 사람은 그 습관으로 인해 능력이 저하되고 불행한 삶을 살며 실패의 길을 걷게 되는 것입니다.

그러므로 습관은 감수성과 학습력이 왕성한 어린시절에

긍정적인 사고와 좋은 습관을 익히는 것이 무엇보다 중요합니다. 나이를 먹게 되면 생각이 고루해져 새로운 습관을 익히기 힘들고 몸에 밴 나쁜 습관을 고치기는 더더욱 어렵습니다.

■ '세 살 버릇, 여든까지 간다' 라는 말이 있습니다. 한번 습관으로 몸에 밴 행동은, 그것이 좋은 습관이든 나쁜 습관이든 나이를 먹도록 계속 지속됩니다. 습관은 이처럼 무서운 힘을 가지고 사람을 지배합니다. 습관은 우리의 생각과 행동을 지배하며 성격을 형성하고 운명까지도 좌우합니다. 나쁜 습관은 불행한 운명을 만들고 좋은 습관은 행복한 운명을 만듭니다. 그러므로 우리는 긍정적이고 좋은 습관을 몸에 익혀 행복한 미래를 개척하도록 힘써야 합니다.

운명의 동전

옛날 영국에 유능한 장군이 있었습니다. 그는 싸울 때마다 뛰어난 지략을 구사하여 언제나 전투를 승리로 이끌어 내는 사람이었습니다. 그러던 어느 날, 그는 열 배가 넘는 압도적인 숫자의 적군과 싸우지 않으면 안 될 처지에 빠졌습니다. 병사들은 이미 압도적인 적군 숫자의 기세에 눌려 사기가 땅에 떨어져 벌써부터 패배의 기색이 역력했습니다. 장군은 여느 때와 같이 자신감을 가지고 이번 싸움에서도 틀림없이 승리할 것이라 장담했지만, 워낙 상대가 강적인지라 참모들도 내심 불안해 하고 있었습니다.

장군의 군대가 전쟁터로 향하던 도중에 한 신전을 지나게 되었습니다. 신전을 본 장군은 잠시 기도를 해야겠다며 말에서 내렸습니다. 기도를 마치자 장군은 주머니에서 동전을 하나 꺼내며 군사들에게 말했습니다.

"용감한 병사들이여, 나는 방금 우리의 신께 이렇게 빌었

다. '내가 들고 있는 이 동전을 하늘 높이 던져 앞면이 나
오면 신께서 우리의 편이 되어 우리를 승리로 이끌 것이고
뒷면이 나온다면 신께서 적군을 도와 우리를 패배하게 하
실 것으로 믿겠습니다' 라고 기도 했노라. 자, 이제 우리가
승리할지 패배할지 신께서 결정해 주실 것이다."

장군은 동전을 하늘 높이 던졌습니다. 병사들은 자신들
의 운명의 결과를 궁금해 하며 시선이 집중했습니다. 떨어
진 동전은 다행히 앞면을 보였습니다. 그 순간 참모들과 병
사들은 일제히 함성을 지르며 기뻐했습니다. 마치 이미 전
쟁에서 승리를 한 듯 환호했습니다.

"와, 앞면이다. 우리가 이긴다!"

"신께서 우리의 승리를 점쳐 주셨다. 어서 적을 무찌르자!"

사기가 충천한 병사들은 곧바로 전쟁터로 향하여 신들린
듯 싸워 열 배가 넘는 적을 무찌르고 승리를 거두었습니다.

전투가 끝나고 한 참모가 장군을 찾아갔습니다.

"역시 신께서 보여준 예언은 정확했습니다. 누구도 신께서
내린 운명을 거역할 수는 없는 것인가 봅니다."

장군은 입가에 미소를 지으며 주머니에서 동전을 꺼내
참모의 손에 쥐어 주었습니다. 참모가 그 동전을 살펴보니

동전은 앞뒤가 모두 앞면의 무늬로 된 동전이었습니다.

■ '위기를 모면하는 가장 좋은 수단은 기지다' 라고 대문호 괴테는 말했습니다. 기지는 순간의 상황에 맞춰 재빠르게 작용하는 날카로운 재치를 말합니다. 날카로운 기지는 날카로운 칼처럼 무서운 힘을 발휘하여 위기의 순간을 순식간에 역전시켜 성공의 길로 인도하는 놀라운 재능입니다.

4. 성공의 조건

산수와 곤충채집

어느 대학교수의 체험담입니다. 그는 초등학교 때 산수가 무척이나 싫었습니다. 당연히 성적도 좋지 않았고 숙제도 하질 않았습니다. 그러니 수업 중엔 가끔씩 벌을 받아야 했고 벌 받기가 싫으니 학교에 가는 것도 지겨웠습니다.

그런데 6학년 때 새로 부임한 담임선생님으로 인해 그의 인생이 바뀌는 일이 생겼습니다. 여름방학이 시작할 무렵, 선생님은 뜻밖의 숙제를 그에게 내주었습니다.

"너는 산에 오르는 것을 좋아하니 곤충채집을 해 오너라. 열 가지 정도는 해올 수 있을 게다. 대신, 네가 싫어하는 산수숙제는 면제해 주마."

그는 신이 나서 산속을 돌아다니며 숙제보다 많은 20가지의 곤충을 잡아 표본으로 만들었습니다. 그리고 방학이 끝나고 숙제를 제출하자 선생님은 이렇게 말했습니다.

"음, 기특하게도 굉장히 많이 채집을 했구나. 정말 잘했다.

이 정도를 할 수 있을 정도면 산수도 못할 리가 없겠구나.

오늘부터 숙제를 내 줄 테니 한번 해 보거라."

선생님은 그날부터 매일 두 문제씩 산수 숙제를 내 주었습니다. 하지만 산수 숙제가 3학년 정도의 수준이라 그 자리에서 바로 풀어 버릴 수 있을 만큼 쉬운 것이라 전혀 괴롭지 않았습니다. 두어 달 그렇게 매일 문제를 풀어 나갔습니다. 게다가 선생님은 문제를 풀 때마다 언제나 칭찬과 격려를 빠뜨리지 않았습니다. 이렇게 그가 초등학교를 졸업하고 중학생이 되면서부터는 제일 자신 있는 과목이 수학으로 바뀌었습니다. 훗날 이 소년은 대학에서 수학을 가르치는 교수가 되었습니다.

성공의 비결은 이렇습니다. 작은 성공이 보다 큰 성공을 이루어 냅니다. 작은 성취가 쌓여 점차 자신감을 갖게 되면 더 큰 목표를 달성할 수 있게 되는 것입니다.

자기의 역량에 맞는 계획을 세워 한 단계씩 차근차근 목표를 향해 나간다면 훗날 아주 큰 성공도 어렵지 않게 이룰 수 있는 것입니다.

■ 대개의 사람들은 욕심이 앞서 단숨에 힘겨운 목표를 설정합니다. 힘에 부치는 목표라서 아무리 열심히 해도 실패하기 쉽습니다. 조그마한 장애물에 부딪혀도 어찌할 바를 모르고 허둥대다가 결국 중도에 포기하고 맙니다. 그리고 '나는 의지가 약하다', '나는 실천력이 부족하다'며 자기 비하에 빠져버립니다.

분명 목표는 크게 갖는 것이 좋습니다. 그러나 자기의 역량 이상의 무리한 목표를 세우고 한꺼번에 완전히 해결을 하고자 하는 태도는 현명하다고 볼 수 없습니다. 자기의 역량에 맞는 계획을 세워 이를 한 단계, 또 한 단계 이루어 나가는 자세가 자신의 신념과 실천력을 배양하는 방법이며 성공에 이르는 비결이기도 합니다.

선택과 집중

세계 신문왕으로 이름난 노스클리프(1865-1922)는 영국 아일랜드에서 태어나 런던으로 진출하여 신문계에서 성공한 사람입니다. 그는 어릴 때부터 글짓기 재주가 뛰어나 15세 때 이미 여러 신문에 기고를 했으며, 그 글을 읽는 독자들은 그의 글 솜씨에 감탄을 했다고 합니다.

그는 소년시절부터 '나는 내 평생을 신문에 바치고 신문계의 1인자가 되겠다'는 포부를 가지고 신문에 관련된 일에 온 관심을 쏟았으며 다른 생각은 일체 하지 않겠다고 마음 먹었습니다. 그리고 18세 때 지방 신문사의 편집부에 취직함으로써 그의 본격적인 외길 인생을 시작했습니다.

그때 그는 신문기자의 신분으로 어느 부자 노인을 취재하기 위해 방문할 기회가 있었습니다. 그 노인은 구두에 징을 박는 장치를 발명하여 많은 돈을 벌었으나 아주 무식한 사람이었습니다. 소년 기자가 물었습니다.

"어떻게 해서 엄청난 돈을 벌 수 있었습니까? 그 비결을 좀 말씀해 주세요."

그러나 노인이 서슴없이 대답했습니다.

"무슨 비결이 있었던 것은 아니네. 나는 돈벌이 외엔 아무 것도 생각하지 않았거든. 오직 돈을 벌겠다는 고집 하나가 나를 그렇게 만든 것이네."

노스클리프는 이 노인의 말에 크게 공감하여 자기도 그와 같은 외곬 인생을 가겠다고 마음먹었습니다.

그 후 소년은 자기의 꿈을 실현하기 위해 열심히 노력한 결과 39세에 신문 사업을 시작했으며 1900년에 이르러 자신의 신문사를 세계 제일의 신문사로 발전시켰습니다. 그리고 1908년에는 런던타임즈의 대주주가 되었고 영국의 유력 신문사들이 모두 그의 지배 하에 들어가게 되었습니다.

이렇듯 한 목표를 가지고 한 방향으로 모든 힘을 집중할 때 무서운 힘이 생깁니다. 일생일업에 전력하는 사람이 바로 인생의 승리자가 되는 것입니다. 포부나 꿈을 세우는 것도 중요한 일이지만 그 꿈을 실현하기 위해 자기의 전 생애를 바쳐 한 가지 일에 전념하는 것이 어쩌면 더 중요한 것일 수 있습니다.

■ '우물을 파되 한 우물만 파라. 샘물이 나올 때까지' 이 글은 20세기의 성자라 일컫는 슈바이처 박사의 유명한 좌우명입니다. 우리는 우물을 팔 때 하나의 수맥을 선택하여 깊이 파야 합니다. 그래야 맑은 샘물을 만날 수 있습니다. 여기저기 물이 나오지 않을까 하여 파고 다니다 보면 샘물은 구경도 못하고 세월만 보내는 경우가 많습니다. 이와 마찬가지로 우리는 인생의 과업을 정하여 자기의 능력과 적성에 맞는 일을 옳게 선택하고 한 평생 바칠 각오가 있어야 성공할 수 있습니다.

지상 최고의 지혜

옛날 현명한 왕이 있었습니다. 그 왕은 유능한 정치가이자 학문을 숭상하는 사람이었습니다. 어느 날 왕은 나라 안에 있는 모든 고명한 학자들을 불러 놓고 후세에 남을 '성공의 지혜'를 연구하라고 어명을 내렸습니다.

왕의 지시를 받은 학자들은 머리를 맞대고 지혜를 짜내느라 골몰했습니다. 그리고 마침내 학자들이 12권에 달하는 방대한 분량의 책으로 성공의 지혜를 집대성하여 왕에게 보였습니다. 왕은 책 속에 담긴 세상의 온갖 지혜를 보고 무척이나 흡족해 했습니다.

그러나 왕은 그처럼 방대한 양의 책을 백성들에게 읽게 하려니 분량이 너무 많아 걱정이 되었습니다. 그래서 왕은 학자들을 다시 모았습니다.

"이것은 참으로 훌륭한 성공의 지혜임이 틀림 없소. 그러나 이 책은 분량이 너무 많소. 그래서 나는 백성들이 읽지 않을까 걱정이오. 그러니 분량을 줄이도록 하시오."

왕의 지시를 받은 학자들은 다시 머리를 짰습니다. 그래서 12권의 책을 한 권으로 만들었습니다. 하지만 왕은 여전히 분량이 많다며 좀 더 줄여 보라고 했습니다. 학자들이 반으로 줄여 보았지만 왕은 그래도 많아 보였습니다.

결국 왕은 백성들이 한 번 들으면 잊지 않도록 한 문장으로 만들 수 없겠느냐고 학자들에게 말했습니다. 학자들은 다시 머리를 짰습니다. 마침내 성공의 지혜를 영원불변의 진리에 가까운 한 문장의 글로 줄이는 데 성공했습니다.

이 불후의 명문장. 이 세상의 모든 성공의 지혜를 한마디의 짧은 문장으로 요약한 지상 최고의 지혜! 그것은 바로 '세상에 공짜는 없다' 라는 것입니다.

그렇습니다. 성공은 쉽게 얻을 수 있는 것은 아니며 더구나 공짜로 이룰 수 있는 것은 더더욱 아닙니다. 성공은 땀과 눈물과 피의 결실로 얻어지는 것이지 아무런 대가도 없이 거저 주어지는 것이 결코 아닙니다. 세상 이치는 모두 주고받는 관계이며 씨는 뿌린 대로 거두는 법입니다. 거저 얻으려는 마음을 버리고 근면 성실하게 일해서 떳떳한 성공을 이루어야 합니다.

■ 공짜를 싫어하는 사람은 아무도 없을 것입니다. 힘들이지 않고 얻는 불로소득이니 싫어할 리가 없습니다. 그러나 그것은 환상입니다. 세상에 공짜로 이루어지는 일은 없습니다. 성공은 남보다 더 많이 일하고 남보다 더 노력할 때 얻을 수 있는 것입니다.

1,238번째의 성공

영국의 전설적인 만능선수인 디드릭스 자하리아스라는 여성의 이야기입니다. 그녀는 만능선수라는 자신의 별명에 걸맞게 승마, 농구, 야구 등 분야에서 탁월한 실력을 보여주었습니다. 1932년 로스앤젤레스 올림픽에서 800미터 장애물 경기와 투창에서 금메달을 차지했고 높이뛰기에서는 은메달을 차지했습니다.

올림픽이 끝나자 그녀는 골프를 하겠다고 선언했습니다. 그녀가 천부적인 감각을 가지고 있다고 믿었던 사람들은 여성골프대회에서 두 번이나 연거푸 우승하는 그녀의 능력을 당연하게 생각했습니다. 이쯤 되니 역시 천재는 타고나는 것에다 행운도 함께하는 사람이 성공하는 것이라고 사람들이 믿는 것도 무리는 아니었습니다.

그러나 정작 본인에게는 이러한 이야기들이 헛된 소문에 불과한 것이었습니다. 그녀는 사실 처음 골프채를 잡았을 때 우수한 코치를 초빙하여 하루 12시간씩 천여 개의 공을 때리는 맹훈련을 거듭했습니다. 강철 같은 체력을 가진 그녀였지만 손이 부르텄고 붕대를 감고 쳐야 할 만큼 지치기도 하였습니다. 이런 눈물겨운 노력과 집념이 있었기에 골프대회에서도 우승을 할 수 있었던 것입니다.

발명왕 에디슨은 천재이기에 마술 부리듯이 쉽게 발명하지 않았을까 생각할 수 있습니다. 하지만 그의 발명품 중에서 우리 생활에 획기적인 변화를 가져다 준 백열전구의 경우 수 없이 실패를 거듭하다가 1,237번째 비로소 발명이 되었다고 합니다. 1,237번이나 여러 가지 재료로 실험을 거듭하여 반복되는 시험을 했다고 하니 그의 좌절하지 않는 끈기와 인내심에 그저 감탄할 뿐입니다.

더욱 놀라운 사실은 천여 번이나 실험에 실패했음에도 실패를 실패로 간주하지 않았다는 것입니다. '나는 1,237번을 실패한 것이 아니라 1,237가지의 방법만으로는 할 수 없다는 사실을 발견한 것이다' 라고 했다니 과연 발명왕다운 끈질긴 면모가 아닐 수 없습니다. 에디슨은 일단 어떤 의문을 갖고 실험에 착수하면 침식을 잊고 그 일에 끝까지 매달렸으며 끝내 해내고야 마는 집념과 노력이 있었기에 온갖 어려움을 이겨내고 마침내 발명왕으로 자리할 수 있었던 것입니다.

훗날 아인슈타인은 에디슨을 가리켜 '발명의 천재'라고 칭송했지만 정작 자신은 '천재는 1%의 영감과 99%의 노력으로 만들어진다'고 말하여 천재의 뒤안길에는 피나는 노력이 숨어 있음을 웅변으로 말해 주고 있습니다. 성공은 끈질긴 노력을 하는 사람만이 맛볼 수 있는 열매입니다.

■ 성공한 사람들을 보며 사람들은 쉽게 억세게 재수 좋은 사람이라 말하며 부러워합니다. 이것은 실력만으로 성공하는 것이 아니라 행운도 따라야 한다고 믿기 때문입니다. 그러나 결코 행운이 성공을 가져다주는 것은 아닙니다. 성공한 사람들에겐 비범한 노력과 집념이 있었다는 것을 간과해서는 안 될 것입니다.

기회 활용의 명수

러시아의 문호 도스토예프스키는 도박광이었습니다. 그는 엄청난 빚을 지고 외국으로 도망쳤습니다. 객지에서 겪는 고생은 너무도 비참했습니다. 그는 좌절하여 폐인처럼 생활하며 모든 것을 포기할 수도 있었을 것입니다. 그러나 그는 이러한 역경을 오히려 분발하는 계기로 삼았습니다.

지난날을 반성하며 자신의 경험을 문학적 소재로 활용하여 다시 소설을 집필함으로써 역경을 기회로 바꾸어 놓았습니다. 그때 그가 쓴 『죄와 벌』, 『백치』 등은 불후의 명작으로 지금까지도 문학사의 금자탑으로 자리하고 있습니다.

역경을 기회로 삼은 또 다른 이야기가 있습니다. 디트로이트 시의 한슨 자동차 판매회사의 세일즈맨이었던 로버트 윌킨스는 1951년 한국전쟁 당시 북한군의 포로가 되어 포로수용소 생활을 했습니다. 포로수용소의 생활은 모두에게 잃어버린 시간이었을 뿐이었습니다. 하지만 그는 이런 역경을 기회로 삼았습니다.

포로수용소 생활을 하는 대개의 사람들은 음식과 여자에 대한 이야기로 소일했습니다. 가끔 석방 후의 생활설계나 희망을 이야기하는 경우도 있었는데, 고향으로 돌아가면 어떤 차를 사겠다는 얘기도 있었습니다. 내일의 운명이 어떻게 다가올지 모르는 상황에서도 윌킨스는 그 말을 흘려들을 수 없었습니다. 그는 포로들의 이름과 주소를 하나하나 수첩에 적어 넣었습니다. 그래서 그의 수첩에는 무려 3,272명의 신상기록을 적을 수 있었습니다.

휴전이 되고 고향으로 돌아와 다시 복직을 한 윌킨스는 전쟁 당시 포로수용소 생활을 함께한 전우들을 찾아 특별할인 혜택을 주며 자동차 구입을 권유해서 무려 500대의 판매실적을 올렸습니다. 그야말로 역경 속에서도 다가오는 미래에 대한 희망을 품고 준비를 하여 기회를 만든 이 사람이야말로 기회활용의 명수라 말할 수 있습니다.

기회는 반드시 찾아오지만, 준비하고 기다리는 사람에게만 찾아옵니다. 그러나 기회를 준비하고 기다리는 것도 중요하지만 주어진 여건을 자기에게 유리한 기회로 만드는 것, 즉 기회를 활용하는 것이 더 중요합니다.

■ 기회를 잘 포착해야 뜻을 이루고 성공할 수 있습니다. 그런데 기회라는 것은 새와 같아서 잠시 머물 뿐 이내 날아가 버립니다. 기회는 모든 사람들에게 골고루 찾아오기 마련이지만 그것을 붙잡는 사람은 많지가 않습니다. 반드시 기회는 오니 준비를 해야 합니다.

준비를 하고 기다리는 것도 좋지만 특정한 상황을 기회로 만드는 것도 중요한 일입니다. 어려운 환경이나 위기의 상황에서 그것을 오히려 기회로 간주하고 새로운 활로를 여는 계기로 삼을 줄 아는 사람에게는 성공의 기회가 훨씬 많을 수밖에 없습니다. 기회는 여러 가지 형태로 찾아옵니다. 기회를 기다리지 말고 만들어 나가는 지혜가 앞서가는 성공을 위해 필요한 덕목입니다.

늙은 낭관의 불운

한무고사(漢武故事)에 이런 이야기가 나옵니다. 어느 날 한나라의 임금인 무제(武帝)가 조회를 끝내고 나오다가 백발이 성성한 늙은 낭관 한 사람을 만났습니다. 무제는 그가 선대의 늙은 신하인 안사라는 것을 알았습니다. 만조백관들 가운데서도 그는 관록이 가장 오랜 사람이었습니다.

"그대는 조정에 봉직한 지가 오래되었는데도 왜 아직 일개 낭관의 벼슬에 머물러 있는가?"

"문제(文帝)께서는 문(文)을 좋아하셨는데 신은 무(武)를 좋아했고, 경제(景帝)께서는 나이 든 사람을 좋아하셨지만 그때 신은 젊었고, 폐하께선 젊은 사람을 좋아하시지만 신은 이미 늙었습니다. 그래서 삼대에 걸쳐 때를 만나지 못했으므로 신은 낭서에서 늙고 있습니다."

그는 자신이 늙을 때까지 기회를 얻지 못한 원인을 자신의 팔자가 나쁜 탓으로 돌렸습니다. 그는 임금이 좋아하고 쓸 만한 신하가 되기 위한 노력은 하지 않고 그저 기회가 오기만을 기다렸으니 참 어리석은 사람이 아닐 수 없습니다.

중국 전국시대의 사상가 순자는 '좋은 기회가 오기를 기다린다면 누가 그 때에 맞춰 그를 써 주겠는가?' 라고 했습니다. 그렇습니다. 좋은 기회라는 것은 어떻게 활용할 줄 알고 준비하는 사람에게 찾아오는 법입니다.

영국의 철학자 프란시스 베이컨은 '현명한 사람은 기회를 발견하는 사람이 아니라 스스로 만들어 내는 사람이다' 라고 말했습니다.

당나라의 대 시인 백거이(白居易)는 어릴 때부터 사람들을 놀라게 하는 재능을 지니고 있었습니다. 그는 그 재능을 알아주는 사람이 없자, 생각 끝에 장안으로 올라 왔습니다. 그곳에서 그는 당시엔 흔치 않았던 진귀한 거문고를 사서 익힌 후에 널리 초청장을 보내 거문고 연주를 감상할 수 있는 자리를 마련했습니다. 많은 사람들이 연주회에 참석하여 무사히 연주가 끝날 무렵 그는 감사의 말을 전하며 자신의 본뜻을 전했습니다.

"대장부가 세상을 살며 어찌 거문고 타는 재주로 이름을 날리겠습니까? 여러분을 초청한 것은 문단에 마음이 통하는 친한 벗을 찾기 위한 것입니다."

그는 미리 준비해 놓았던 시를 사람들에게 나누어 주었습니다. 사람들은 먼저 그의 기백에 놀랐고 다음에는 그의 문학적 재능에 놀라 그의 비상한 재능을 감탄하지 않는 사람이 없었습니다. 그의 명성은 삽시간에 장안에 널리 퍼지게 되었습니다.

아무런 계기도 없이 남이 자신을 알아주는 경우는 없습니다. 백거이처럼 자신을 널리 알리는 계기가 필요합니다. 그렇지 않으면 늙도록 하찮은 벼슬에 종사하며 기회가 오기를 기다리는 안사의 처지를 면할 길이 없습니다. 우리는 기회를 붙잡거나 만들어 활용하는 능동적인 인간이 되어야 합니다.

■ 기회를 잘 포착해야 성공하고 행복하게 살 수 있습니다. 그런데 기회는 누구에게나 반드시 한번쯤은 찾아오지만 준비하고 다가가는 자에게 먼저 찾아옵니다. 일이 잘 풀리지 않는 사람들은 '자기에게 기회가 없었다거나 행운이 따르지 않았다'고 말하고 싶어합니다. 그러나 그에게 실제로는 기회가 있었지만 그 기회를 살릴 의지가 없었던 것은 아닐까요?

초두효과

애쉬라는 심리학자는 사람의 초기 정보가 나중에 제시되는 정보에 비해 얼마나 효력을 가지는지를 알기 위해 다음과 같은 실험을 했습니다.

그는 A, B, 두 집단의 사람들에게 한 인물을 소개하며 여섯 가지의 성격적 특성을 나열하여 설명했습니다. 여섯 가지의 성격적 특성을 제시하는 순서가 다르다는 것을 제외하고는 두 집단에 설명한 내용은 동일한 것이었습니다.

A집단 : 똑똑하다 → 근면하다 → 즉흥적이다 →
        비판적이다 → 고집이 세다 → 시기심이 많다

B집단 : 시기심이 많다 → 고집이 세다 → 비판적이다 →
        즉흥적이다 → 근면하다 → 똑똑하다

그 인물에 대한 소개가 끝나고 사람들에게 조금 전 소개한 사람에 대한 인상을 말해 보도록 청했습니다. 그랬더니 동일한 내용임에도 첫머리에 제시한 정보가 무엇이었느냐에 따라 상반되는 인상을 형성했습니다.

A집단의 사람들은 B집단의 사람들보다 그 인물을 더 성공적이고 사회적으로 안정적인 사람으로 평가했습니다. 이것은 처음 접한 인상이 그 사람의 전체적인 인상을 좌우한다는 것을 확인해 주는 것입니다.

그럼 첫인상이 이처럼 강력하게 효과를 발휘할 수 있었던 이유가 무엇인지 궁금할 것입니다. 그것은 처음 들어온 정보가 나중에 들어오는 정보를 해석하는 지침을 만들어 주기 때문이다.

앞의 A집단에서는 첫머리에 긍정적인 내용을 말하고 B집단에는 첫머리에 부정적인 내용을 말함으로써, 초기 정보가 뒤따르는 정보에 강한 영향을 미치는 '초두효과'를 가져다 준 것입니다.

사람은 첫 대면에서 상대의 심리나 인격의 밑바닥까지 꿰뚫어 볼 수 없으므로 첫인상에 의해 그 사람의 분위기를 판단합니다. 이 외모와 분위기에서 받는 첫인상이 좋고 나쁨이 만남의 성패에 커다란 영향이 미치므로 첫 대면 때는 항상 복장을 단정히 하고 예의바른 태도와 밝은 표정으로 상대에게 좋은 첫인상을 남기도록 하는 것이 중요합니다.

■ 첫인상이 좋으면 내내 그 사람을 좋은 사람으로 판단하고, 반대로 첫인상이 나쁘면 그 사람을 전반적으로 안 좋게 생각하는 경향이 있습니다. 따라서 다른 사람의 마음을 움직이려면 우선 상대에게 좋은 첫인상을 갖게 하는 것이 중요합니다. 첫인상은 일반적으로 외모나 말투 같은 예의범절의 범주에 의해 구성이 됩니다.

이 같은 첫인상은 매우 짧은 시간에 형성되지만 오랜 시간 그 사람에 대한 지배적 인상으로 남아 영향을 미칩니다. 첫인상이 안 좋으면 상대와의 좋은 관계를 회복하기 위해 많은 시간과 노력을 기울여야 하는 번거로움이 발생합니다. 좋은 첫인상은 성공에 더 빨리 도착할 수 있는 아주 쉽고도 훌륭한 비결입니다.

카네기의 숨겨진 성공비결

앤드류 카네기의 성공비결은 무엇일까요? 카네기는 흔히 강철왕이라는 별명으로 불리고 있습니다만, 사실 그는 철강에 대해 별로 아는 것이 없습니다. 그럼에도 그가 성공할 수 있었던 비결은 그가 사람 다루는 법을 잘 알고 있었기 때문입니다. 그것이 그의 성공비결이며 대재벌로 이끈 원동력입니다.

카네기는 어린시절부터 단체를 조직하고 통솔하는 비상한 재능을 가지고 있었습니다. 그는 이미 열 살 때 사람은 일반적으로 자기의 이름에 보통 이상의 관심을 가지고 있다는 것을 발견하고 이를 활용하여 남의 협조를 얻어 내기도 했습니다.

그가 스코틀랜드에 살았던 소년시절의 이야기입니다.

어느 날 그는 새끼를 밴 어미 토끼 한 마리를 잡아 길렀는데 얼마 지나지 않아 많은 새끼가 태어나 토끼장을 가득 채였습니다. 새끼토끼가 여럿이 자라자 먹이 주기가 벅차진 그는 이웃 아이들에게 토끼풀을 많이 가져오면 각자의 이름을 새끼토끼에게 붙여 주겠다고 말했습니다. 이 계책은 멋지게 적중했습니다. 카네기는 이때의 경험을 결코 잊어버리지 않고 사업에 응용하여 막대한 재물을 모아 세계적인 거부가 되었습니다.

또 이런 이야기도 있습니다. 카네기와 조지 풀맨이 침대차의 판매경쟁을 벌이고 있을 때 카네기는 토끼사육의 경험을 생각해 냈습니다. 카네기의 센트럴 트랜스포테이션 회사와 풀맨 회사는 유니온 퍼시픽 철도회사에 침대차를 팔기 위해 손해를 봐 가며 추한 경쟁을 하고 있었습니다. 어느 날 카네기와 풀맨 두 사람은 뉴욕의 유니온 퍼시픽 회사에 왔다가 어느 호텔에서 우연히 마주하게 되었습니다.

"오, 풀맨씨, 안녕하십니까? 생각해 보니 우리 두 사람은 서로 바보짓을 하고 있군요."

"그것이 무슨 뜻인가요?"

풀맨이 반문했습니다. 그래서 카네기는 전부터 생각하고 있었던 바를 그에게 털어 놓았습니다. 서로 반목하기보다는 두 회사가 합병하는 편이 훨씬 좋은 방법이라고 열심히 설득하자 드디어 풀맨이 이렇게 질문했습니다.

"그럼 새 회사의 이름은 무엇이라고 하겠소?"

"그야 물론 풀맨 파레스 차량회사로 하지요."

그러자 풀맨은 갑자기 얼굴이 밝아지며 카네기의 뜻에 동의했습니다. 이와 같이 친구들이나 거래 관계자의 이름을 존중하는 것이 카네기의 숨겨진 성공비결입니다.

■ 사람들은 남의 이름에는 별 관심을 보이지 않지만, 자신의 이름에는 각별한 애착과 관심을 갖습니다. 자기의 이름을 기억하고 불러준다는 것은 정말 기분좋은 일입니다. 자기 이름을 정확히 기억하고 불러 주면 자신에 대한 관심이 크다는 것을 의미하는 것이어서, 자신도 또한 상대방에게 호의를 보이게 되는 것입니다.

주목 받는 사람의 심리

다국적 기업으로 전 세계적으로 수많은 기업을 거느리고 있는 미국의 웨스팅 하우스 사의 호손공장에서 하버드 경영 대학원의 주관으로 한 그룹의 여공을 대상으로 세 가지 실험을 했습니다.

첫째는 조명에 대한 실험이었습니다. 여공들을 조명이 훨씬 밝은 실내에서 일하게 했더니 예상대로 생산성이 크게 향상되었습니다. 그리고 조명을 다시 원래대로 돌려놓았는데도 생산성은 계속 증가했습니다.

둘째는 작업시간 단축에 대한 효과를 실험했습니다. 작업시간을 단축하여 휴식시간을 늘려 주었습니다. 그러자 생산성이 증대되었습니다. 그 생산성은 조업시간을 원래대로 되돌렸을 때에도 변함이 없이 증가하였습니다.

셋째는 식사에 대한 실험이었습니다. 급식의 질을 개선하자 생산성이 증대되었습니다. 그 후 다시 음식의 질을 원상태로 돌려 놔도 생산성은 여전히 증대했습니다.

이런 일련의 실험에서 나타난 결과를 살펴보면 언뜻 상식적으로 이해가 가지 않는 부분을 발견할 수 있습니다. 조명과 작업시간, 식사의 질을 개선하는 것은 물론 생산성의 향상에 자극을 줄 수 있는 요인이지만 작업환경이 원래대로 환원되었음에도 불구하고 계속 높은 생산성이 유지되는 특이한 양상을 보입니다.

도대체 어떠한 원인에 의해 이런 결과를 가져온 것일까요? 그것은 작업환경이 생산성에 미치는 영향의 실험에 참가한 실험대상자들의 심리상태가 영향을 미친 것이었습니다. 실험 대상으로 참가한 여공들은 자신들이 선택된 인물이며 회사를 대표하는 중요한 존재들이라는 점을 자랑스럽게 여겼기에 생산성이 실험 후에도 계속 상승한 상태로 유지되었다고 연구원들은 결론을 내렸습니다.

사람은 스스로를 중요한 존재라고 각인시켜 주면 환경이 바뀌어도 고무된 감정을 그대로 유지된다는 것입니다. 반면 자신이 무시되는 여건에 놓이게 되면 누구나 무력감을 느끼고 작업의 생산성은 낮아지게 되는 것입니다. 누군가를 인정하는 것은 상대방의 능동적 의지를 자극시켜 활력을 가져와 동기를 부여하는 작용을 합니다.

■ 미국의 철학자이며 심리학자인 윌리엄 제임스는 '인간 성의 본질이 되는 욕구는 남에게 인정받고 싶다는 욕망이 다'라고 말했습니다. 인간은 누구나 주위 사람으로부터 인정받고 싶어합니다. 자기의 존재가치를 인정받길 원하는 것입니다. 사람들은 스스로의 존재가치를 인정받게 되면 능동적 의지를 발휘합니다. 자신이 주위사람들로부터 인정받고 있다는 생각이 스스로에게 긍지의 요인으로 작용하여 적극적이고 능동적인 행동을 유도하는 것입니다. 상대방을 중요한 존재로 인정해 주십시오. 그러면 그는 당신을 위해 헌신할 것입니다.

호감을 얻는 비결

미국의 제26대 대통령 시어도어 루즈벨트는 국민의 신망이 높았던 대통령이었습니다. 그는 인간미 넘치는 폭 넓은 인간관계로 백악관의 말단 사환에 이르기까지 많은 사람들로부터 절대적인 존경과 호감을 샀습니다. 그가 재임 당시 백악관에 근무했던 흑인 사환 제임스 에모스는 자기가 직접 모셨던 루즈벨트 대통령을 잊지 못해 『사환이 본 시어도어 루즈벨트』라는 책을 펴냈습니다. 그 책에는 루즈벨트 대통령이 인간성과 성실한 대인관계를 엿볼 수 있는 다음과 같은 대목이 있습니다.

어느 날 아내는 대통령에게 메추리가 어떤 새인지 물었습니다. 아내는 메추리를 본 적이 없었습니다. 대통령은 아내에게 메추리는 이러이러한 새라고 자상하게 가르쳐 주었습니다 그리고 얼마 후 집으로 전화 한 통이 걸려 왔습니다. 전화를 받아 보니 대통령의 전화였습니다.

대통령은 지금 때마침 그 쪽 창밖에 메추리가 한 마리 앉아 있으니 창문을 내다보면 그 새를 직접 볼 수 있을 것이라는 것이었습니다. 이렇게 작은 일에도 대통령은 자상한 관심을 보여 주는 분이었습니다. 뿐만 아니라 대통령은 우리 집 옆을 지날 때면 언제나 우리 모습이 보이건 보이지 않건, '애니!', '여, 제임스!' 하고 다정한 목소리로 불러 주었습니다.

고용인들이라면 이런 주인을 좋아하지 않을 수 없었을 것입니다. 더구나 대통령의 신분으로 하찮게 여길지도 모르는 사환의 아내에게까지 따스한 관심을 보여 주니 어느 사람이 그에게 호감을 가지지 않을 수 있겠습니까?

남에게 호감을 사려면 먼저 남에게 성실한 관심을 보여야 합니다. 상대방에게 성실한 관심을 보이면 상대 또한 경계를 풀고 호감을 가지고 다가오기 마련입니다. 이것은 사회생활에서 뿐만 아니라 사업에도 적용할 수 있습니다. 이쪽에서 먼저 진정한 관심을 보이면 제 아무리 완고한 사람이라도 협력하게 되어 있습니다. 왜냐면 사람은 자신에게 관심을 보이는 사람에게 관심을 보이는 법이니까요.

■ 사람들은 원래 남의 일에는 별로 관심을 갖지 않습니다. 오직 자기 일에만 관심을 쏟는 것이 일반적입니다. 세상 사람들은 남의 관심을 끌기 위해 헛수고를 되풀이하면서 무엇을 잘못하고 있는지 깨닫지 못하는 경우가 많습니다. 남을 설득하여 관심을 끌고자 하거나 자기 자랑을 늘어놓으며 자신이 중요한 사람이라고 강조하여 관심을 끌려 한다면 이처럼 어리석은 일은 다시 없을 것입니다. 그런 사람은 관심도 호감도 받지 못합니다.

로마의 시인 파프리아스 시리스는 '우리 인간은 자신에게 관심을 보내는 자에게 관심을 보낸다' 고 말했습니다. 남에게 호감을 얻으려면 상대의 관심을 끌기 위해 노력하기 전에 먼저 상대에게 순수한 관심을 보내는 정성이 있어야 합니다.

설득의 기술

그리스 철학자 소크라테스는 젊은이들을 설득할 때 일방적으로 떠들지 않았습니다. '우선 자네들부터 이야기 해 보게' 하며 젊은이들에게 말하게 하고 그들의 의견부터 들었습니다. 상대방의 이야기를 전부 끌어내면 설득의 방향을 미리 알 수가 있어 설득하는 방법의 실마리를 미리 준비할 수가 있습니다. 이렇게 소크라테스는 젊은이들을 감동시킬 수가 있었습니다. 아무리 좋은 생각이라도 일방적으로 이해시키려 들면 진심으로 받아들이기는커녕 오히려 반감만 사게 됩니다. 그런 의미에서 보면 소크라테스는 분명 설득의 명수였습니다.

유태의 성전 탈무드에 이런 말이 있습니다.

'신은 어째서 인간에게 두 개의 귀를 갖게 하시고 입은 하나만 만들어 주셨을까? 그것은 말하는 것보다 두 배는 더 들어야 한다는 것을 가르치시기 위함이다.'

아득한 옛날에도 이렇듯 내 말은 적게 하고 남의 말을 많이 듣는 것을 현명하다고 가르치고 있습니다.

벤자민 디즈레일리는 격식을 중요하게 생각하는 영국에서 무명의 신분으로 최고의 정치가가 되어 사교계의 대 스타가 된 사람입니다. 그에게는 사람의 마음을 사로잡는 뛰어난 기술이 있었는데 그것이 바로 사람의 말을 잘 경청하는 재주였습니다. 그는 결코 상대와 논쟁을 하지 않았습니다. 그는 상대방의 의견을 존중해 주었고 언제나 상대방의 이야기를 예의 바르게 열심히 들어 주어 많은 사람들의 호감을 샀습니다.

미국의 석유왕 록펠러도 마찬가지입니다. 그는 언제나 종업원의 이야기에 귀를 기울였습니다. 상대방의 말을 참을성 있게 들었으며 상대방의 말이 끝나기 전에는 결코 말을 가로채거나 자기의 의견을 말하지 않았다고 합니다.

세일즈맨의 성공비결도 고객의 이야기를 참을성 있게 듣는 것입니다. 고객에게 말하게 하고 질문을 유도해 낸다면 90%는 성공이라고 합니다. 그러나 고객의 말을 중도에 가로채거나 말할 틈을 주지 않고 일방적으로 떠들어 대면 상대방을 100% 이해시킬 수 있을지는 모르지만 세일즈는

10% 밖에 성공하지 못합니다. 고객은 억지로 계약을 했다는 기분을 가장 싫어하므로 자기의 의지에 의해 계약을 했다고 생각하도록 하는 것이 중요합니다. 그렇게 하려면 상대방에게 먼저 말을 하게 하고 들어 주는 것이 현명한 방법입니다. 설득의 비결은 말을 잘하는 것보다 상대방의 말을 잘 들어 주는 것에 있습니다.

■ 자기의 주장을 유창하게 잘 표현한다고 해서 상대방을 설득할 수 있는 것은 아닙니다. 상대를 설득하기 위해서는 오히려 상대의 가슴속에 있는 이야기를 모조리 털어내게 하는 지혜가 필요합니다.

먼저 말하고자 하는 사람은 마치 카드놀이를 할 때 상대에게 자신의 패를 모두 보여주고 시작하는 것과 같습니다. 그러나 먼저 듣는 사람은 상대방의 생각이나 의도를 잘 이해하고 대처할 수 있습니다. 실제로 설득을 잘하는 사람은 우선 상대방의 이야기에 먼저 귀를 기울이는 사람입니다.

최고의 대우

카네기가 철강업에 한창 정열을 쏟고 있을 때의 이야기입니다. 공장을 순시하던 그는 언제나 성실하게 일하는 한 철공을 눈여겨 보았습니다. 그는 항상 말없이 맡은 일을 열심히 했습니다. 그의 자세는 언제나 진지하고 성실했으며 자기가 하는 일에 자부심과 자신감이 흘러넘치고 있었습니다. 카네기는 열심히 일하며 책임감 있게 일처리를 하는 그 철공이 무척 마음에 들었습니다.

'이 사람이야말로 이 공장을 맡겨도 책임 있게 잘 관리할 수 있겠구나.'

카네기는 그를 공장장에 임명하기로 마음먹고 그 철공을 사장실로 불렀습니다.

"당신은 능력도 책임감도 있으니 이제부터 공장장의 업무를 맡아 주시오."

어리둥절한 철공은 사장을 쳐다보더니 고개를 저었습니

다. 그는 사양하며 이렇게 말했습니다.

"사장님, 저는 다른 일은 할 줄 모릅니다. 평생 해 본 일이라곤 쇳물에서 철관을 뽑는 일밖에 없습니다. 물론 철공일이야 제가 최고입죠. 하지만 다른 일은 사양하겠습니다. 저는 지금 하고 있는 일에 만족하고 있습니다. 이 일을 계속하게 해주십시오."

어리둥절해진 것은 이제 사장이었습니다. 하지만 그는 곧 철공의 심정을 헤아릴 수 있었습니다. 카네기는 자신의 생각이 짧았다는 것을 깨닫고 생각을 바꾸어 이렇게 밀했습니다.

"정말 그런 것 같소. 내 생각이 부족했소. 그러나 당신이야말로 철공분야에서는 세계 최고의 기술자니 이제부터는 최고에 걸맞는 봉급을 주겠소."

그리하여 그 철공 기술자는 회사에서 최고의 대우를 받는 사람이 되었습니다. 이렇게 긍지를 가지고 열심히 일하는 사원을 후대하였으니 카네기가 강철왕에 오른 것도 당연한 귀결입니다.

■ 어느 분야에서든 그 분야에서 최고가 되었다면 그는 마땅히 최고의 대우를 받을 자격이 있고, 다른 사람들의 존경과 부러움의 대상이 되어야 합니다. 이들은 최고의 자리에 오르기까지 누구보다 많은 땀과 정성을 쏟은 사람이며 누구보다 많은 업적을 남긴 사람입니다. 뿐만 아니라 그 분야의 능력 또한 뛰어나기 때문에 최고가 되어 있는 것입니다. 사회는 이런 사람을 존경하고 이에 걸맞는 예우에 인색해서는 안 됩니다. 이런 사람들이 많이 생겨날 때, 회사가 번창하고 나라가 발전하는 것입니다.

바리캉과 곡물수확기

16세의 라디오 수리공 필립은 망가진 −홈의 나사못 때문에 많은 시간과 노력을 허비하게 되는 것을 보고 '쉽게 망가져 버리는 −나사못의 문제점을 보완할 수 있는 방법은 없을까?' 하고 늘 궁리하다가 −나사못과 드라이버를 +나사못과 드라이버로 개량하여 오늘날 세계적인 기업인 '필립사'를 탄생시킨 발판이 된 것을 기억할 것입니다.

필립의 경우에서 볼 수 있듯 보통사람이라도 불편한 것을 편리하게 우리 생활 속에서 보다 효과적인 방법을 찾아 내려고 노력하면 누구든 창의력을 휘할 수 있는 것입니다. 그렇다고 아무에게나 창의력이 발휘되는 것은 아닙니다. 언제나 마음속에 뚜렷한 문제의식을 가지고 있는 자만이 창의력을 발휘할 수가 있습니다.

맥코믹은 곡물을 수확하는 기계를 발명하여 농업생산의 기계화에 획기적인 공헌을 한 미국의 발명가입니다. 그는 아버지가 일생 동안 애쓰다가 실패한 수확기를 기어이 만들어 내겠다는 각오를 가지고 늘 생각에 잠기곤 했지만, 좀처럼 좋은 아이디어가 떠오르지 않았습니다.

그러던 어느 날 맥코믹은 이발소에서 머리를 깎고 있었습니다. 그때 이발사가 이발기계인 바리캉(bariquant)을 머리숱에 대고 재깍재깍 머리를 깎기 시작했습니다. 그 재깍재깍 소리를 듣는 순간 맥코믹은 '바로 이것이다' 하고 외치며 환성을 올렸습니다. 머리를 깎는 이발 기계의 원리를 응용하면 곡물을 베는 수확기를 얻을 수 있으리라는 생각이 번개처럼 스쳐 간 것입니다. 결국 그는 이발 기계에서 힌트를 얻어 곡물수확기를 발명하였으며 그 발명은 농업생산에 일대 혁신을 가져다주었습니다.

이발 기계는 수많은 사람들이 경험했지만 그것을 응용하여 수확기를 만들고자 한 사람은 없었습니다. 맥코믹은 평소에 늘 열심히 생각하고 연구하고 있었기 때문에 그 소리를 듣는 순간 머릿속의 문제의식과 만나 수확기의 발명으로 이어진 것입니다. 이렇듯 창의력은 문제의식을 가지고 끊임없이 생각하고 또 생각하는 사람에게 주어지는 것입니다. 아무런 의문도 가지지 않고 생각조차 하지 않는 사람에게서 창의력이 나올 수는 없는 것입니다.

■ 창의력은 누구에게나 잠재해 있는 능력입니다. 결코 일부 사람들에게만 있는 특별한 초능력이 아닙니다. 다만 이를 충분히 살리는 사람이 드물다는 차이만 있을 뿐입니다. 왜 그럴까요? '우리 같은 평범한 사람들에게는 그런 능력이 없다' 라고 생각하는 고정관념 때문에 애초부터 포기해 버리기 때문입니다. 놀랍고 획기적인 발명만이 창의력은 아닙니다. 우리가 접하는 일상생활 속에서 보다 효과적인 방법을 찾아내는 것 또한 창의력이 훌륭하게 발휘되는 한 모습입니다.

퇴근 후 네 시간

비즈니스에 관한 통계학의 대가로 이름난 파브슨에게 어느 날 젊은 제자가 찾아왔습니다.

"선생님께서는 다년간 온갖 종류의 비즈니스에 관한 통계를 연구하시는 동안 혹시 성공의 비결이라고 할 만한 것이 있다면 좀 들려주시겠습니까?"

"성공의 비결이라고? 물론 있지."

"그게 무엇입니까?"

제자는 의자를 파브슨 쪽으로 당기며 말했습니다.

"그럼 이야기해 줄 테니 잘 듣게. 직장인에서 성공한 사람들은 대부분 오후 6시에서 10시까지의 네 시간을 중요하다고 여긴다네."

제자는 그게 무슨 뜻인지 몰라 설명을 구했습니다.

"사람들은 직장에 근무하고 있는 동안이 중요하다고 생각하지만, 근무 중에 성실하게 노력하는 것이야 지극히 당연한 일이 아닌가? 여기까지는 사람들이 큰 차이가 없네. 하지만 일단 퇴근하여 집에 돌아가면 뒹굴며 시간을 보내는 사람과 공부하여 노력하는 사람과는 커다란 차이가 생기기 마련이지. 퇴근 후의 그 네 시간을 자기에게 필요한 전문지식을 쌓기 위해 활용해 보란 말이네. 1년을 그렇게 계속한다면 1,460시간이란 어마어마한 시간을 유효 적절히 사용하는 결과가 되는 것일세."

제자는 깨닫는 바가 있는 듯 크게 고개를 끄덕였습니다.

"그렇게 10년을 보냈다고 생각해보게. 자기가 노력한 분야에서 틀림없이 전문가가 되어 있을 걸세. 이렇게 하는데도 성공하지 못한다면 오히려 이상한 일이 아닌가? 지금까지 성공한 사람들은 모두 이런 노력을 한 사람들일세. 자네도 한번 실천해 보게. 오늘부터라도 늦지 않았으니 말일세."

성공의 비결이 어찌 이것뿐이겠습니까? 하지만 이것만큼 확실히 보장된 성공의 비결도 없을 것입니다. 문제는 실천입니다. 무릇 성공하는 사람은 적극적인 사람이고 적극적인 사람은 실천하는 사람입니다. 생각만으로는 아무 일도 못합니다. 아무리 좋은 성공비결을 알고 있다고 하더라도 그것을 실천하지 않으면 아무런 소용이 없습니다.

'시작이 반'이라고 결심이 서면 곧 실천에 옮기도록 하십시오. 행동할 준비로 시간을 마냥 낭비하지 마십시오. 서둘러 행동으로 옮기는 만큼 성공의 목표는 빨리 이루어지는 것입니다.

■ 이 세상에 태어난 사람치고 성공을 원하지 않는 사람은 없을 것입니다. 성공을 하면 부가 따르고 명예가 따르고 성취의 만족감과 윤택한 생활이 보장됩니다. 그래서 많은 사람들이 성공을 부러워하고 어떻게 하면 성공할 수 있을까 하고 그 비결을 찾아 헤맵니다. 이렇듯 많은 사람들이 타인의 성공비결을 알고 싶어하는 것은 타인의 성공을 거울 삼고 그것을 토대로 하여 출발한다면 그만큼 성공에 이르는 지름길이 될 수도 있기 때문입니다.

슐리만의 트로이

트로이의 도시유적을 발굴해서 일약 유명한 고고학자가 된 독일의 슐리만은 젊은 시절 호메로스의 시를 읽고 트로이의 유적이 터키의 소아시아 반도 북서쪽에 있는 트로아스 지방의 땅 속에 묻혀 있을 것이 틀림없다는 확신이 섰습니다. 그리고 그는 이 유적을 자기 손으로 발굴해 내는 것을 일생의 목표로 결정했습니다.

그 목표를 이루기 위해서 그는 첫째 옛 문서를 해독할 수 있는 어학 실력을 길러야 했고, 둘째로 발굴에는 막대한 자금이 필요하므로 돈을 벌어야 했으며, 셋째는 발굴에 오랜 시간이 걸릴 것이므로 시간을 벌어야 했습니다.

그는 이 같은 장기계획을 세운 다음 그 계획대로 일을 추진해 나갔습니다. 우선 그는 돈을 벌기 위해 잡화점 점원부터 시작했습니다. 여가를 이용해 어학공부를 했습니다. 그러다 보니 어학실력을 인정받아 무역회사에 입사를 할 수 있었습니다.

그는 본격적으로 돈을 벌기 시작하여 42세가 되었을 때 어학실력과 필요한 자금이 마련되었습니다. 그리고 70세까지 산다고 볼 때 약 30년 정도의 시간도 확보되었습니다.

마침내 그는 하던 사업을 정리하고 본격적으로 트로이 유적 발굴에 전념했습니다. 1870년 드디어 트로이의 선사시대 유적이 그의 손에 의해 발굴이 되었습니다.

『적극적 사고방식』의 저자 노만 필 박사는 '성공은 자기 인생의 모든 것을 거는 사람을 절대 외면하지 않는다'고 말했지만, 슐리만이야말로 일생일대의 목표를 실현하기 위해 자신의 모든 것을 투입함으로써 마침내 자기의 뜻을 성취한 것입니다.

뚜렷한 목표의식을 가지고 살아가는 사람만이 큰일을 성취할 수 있습니다. 꿈이 없고 목표가 없는 인생은 죽은 인생이나 다름없습니다. 그 꿈을 실현하려고 몸부림치며 노력해야 합니다. 그렇게 사는 것이 진정 의미 있는 삶입니다.

우리는 슐리만의 성공요인이 치밀한 계획과 충분한 준비, 그리고 철저한 집중 투자에 있었다는 교훈을 얻을 수 있습니다.

우리도 이를 본받아 자기의 꿈을 계획하고 준비하고 실행해 나가는 일에 착수해 봅시다.

■ 인간은 목표를 향해 행동하는 동물입니다. 인간이 뚜렷한 목표를 가질 때, 그것을 달성하고자 하는 열정이 생기고 달성했을 때의 보람과 자신감을 얻습니다. 우리는 목표를 세우되 크고 높은 목표를 세워야 합니다. 성공이라고 해도 성공하지 않은 것과 결로 차이가 나지 않는 하찮은 목표를 삼는다면 무슨 의미가 있겠습니까? 인생을 송두리째 걸고 몸과 마음을 다 바쳐서 이루고자 하는 목표라면 모름지기 크고 높아야 하지 않겠습니까?

그러나 목표를 세우는 것만으로는 부족합니다. 독하게 마음 먹었다고 모든 것이 다 이루어지는 것은 아닙니다. 그 목표를 달성할 수 있는 계획이 있어야 합니다. 원대한 목표와 그것을 실현할 수 있는 계획과 노력, 이것이야말로 큰 꿈을 실현하는 필수조건이 아닐 수 없습니다.

목표 설정의 위력

명확한 목표의 효과를 측정하기 위해 어느 심리학자가 고등학교 체육시간에 다음과 같은 실험을 했습니다.

어떤 학급의 학생 50명에게 높이뛰기를 시킨 다음 각자가 뛴 높이를 벽에 표시하게 했습니다. 며칠 뒤 다시 학생들을 모아 지난 번 각자의 기록보다 30% 더 높은 지점에 표시를 하고 '너희들은 더 높이 뛸 수 있다. 표시한 곳까지 뛰어 봐라' 고 했습니다.

그 결과 50명 가운데 25명이 새로 표시한 지점까지 뛰었습니다. 이것은 학생들에게 새로운 목표와 가능성을 제시함으로써 그들 내부에 잠자고 있던 잠재력을 발휘하게 한 것입니다.

다음에는 다른 학급의 학생 50명을 모아 놓고 높이뛰기를 시켰습니다. 처음엔 지난 실험의 대상 학생들처럼 높이 뛰라고 지시했지만 2차 실험에서는 새로운 목표를 제시하지 않고 다만 '더 높이 뛰어 보라'고만 했습니다. 그 결과 그 학급의 학생 가운데 처음 자기가 뛴 것보다 30% 이상 더 높이 뛴 학생은 15명에 불과했습니다. 이 간단한 실험을 통해 우리는 목표를 명확히 하는 것이 얼마나 중요한 것인지 알 수 있습니다.

미국 예일대학에서 졸업생을 대상으로 '명확한 목표와 구체적인 실행계획을 가지고 있는가'를 조사했더니 단지 3%만이 그렇다고 대답을 했습니다. 20년 후 그들을 다시 찾아가 면접조사를 했더니 목표를 세워 놓고 졸업을 했던 3%의 졸업생의 연수입 합계가 나머지 97%의 연수입 합계보다 높은 것으로 조사되었습니다. 참으로 놀라운 목표 설정의 위력이 아닐 수 없습니다.

우리는 자기가 이루고 싶은 꿈을 명확히 그려야 합니다. 무엇보다도 자기의 적성의 장점과 능력이 무엇인가를 바로 알고 거기에 걸맞는 뚜렷하고 구체적인 목표와 실행계획을 가져야 합니다. 그렇게 실현 가능한 목표를 머리에 새기고 생각과 행동을 집중하면 결국 그 꿈이 현실로 실현되는 것입니다.

고대 그리스 철학자 아리스토텔레스는 '성공에 도달하는

방법은 첫째로 구체적이고 분명한 이상, 즉 목표를 세우고, 둘째는 그 목표를 달성하기 위해 필요한 수단을 갖추는 일이며, 셋째는 자신의 모든 수단을 목표에 맞추는 일이다' 고 말했습니다. 목표가 있어야 진보가 있습니다. 명확한 목표의식이 없이는 절대 성공할 수 없는 것입니다.

■명확한 목표의식이 성공으로 이르는 지름길입니다. 목표는 사람으로 하여금 그 열정과 노력을 하나의 성과에 집중하게 만듭니다. 아무리 노력과 지혜가 많아도 목표를 설정하지 않으면 이 모든 힘은 분산되고 맙니다.

〈무한한 힘, 나는 성공한다〉의 저자 안소니 로빈스는 '자신의 꿈을 명확하게 그려라. 그러면 열정과 집중력이 확실히 달라진다' 로 말했습니다. 자기의 꿈이 명확하게 설정되어 있으면 거기에 모든 힘이 집중된다는 것입니다. 인간의 마음은 무의식적이라고 할지라도 사람을 어느 특정 방향으로 이끌어 갑니다.

특히 명확한 목표를 가진 경우라면 마음은 언제나 그 목표에 집중되고 실현을 위해 움직이게 됩니다.

진정한 용기

중국을 통일했던 진나라가 멸망하고 항우와 유방이 세력 다툼을 치열하게 하던 시절의 이야기입니다. 이때 중국 역사상 가장 뛰어난 전략을 가졌던 명장 한신(韓信)이 등장합니다. 그는 젊은 시절 자신의 능력을 인정받지 못하여 고난의 세월을 지내고 살았습니다. 그 시절 한신은 할 일이 없어 실의에 빠져 그저 낚시나 하며 세월을 보냈습니다. 그러니 먹을 것이 없어 동냥을 다녀야 했고, 그조차 여유가 없으면 굶기가 일쑤였습니다. 그러니 자연 사람들에게 손가락질 당하고 업신여김을 받았습니다.

어느 날 그가 시장거리를 어슬렁거리고 있을 때, 평소 그를 바보처럼 여기던 불량배가 그의 앞을 가로막고 비웃으며 놀렸습니다.

"야, 이 겁쟁이야. 허우대만 멀쩡하고 옆구리엔 어울리지도 않는 긴 칼을 차고 있지만 네놈이 아무것도 못하는 바보라는 것을 알고 있다. 진정 네놈이 사내라면 얼른 칼을 뽑든가 아니면 내 가랑이 사이로 기어서 지나가라!"

그는 잠시 생각하더니 그 불량배의 가랑이 사이를 기어서 지나갔습니다. 남의 다리 사이로 지나간다는 것은 견디기 힘든 치욕이었으나 짧은 순간의 만용을 부리기보다는 큰 뜻을 위해 안전을 택한 것이었습니다. 큰 뜻을 품은 한신의 상대는 천하였지 하찮은 불량배가 아니었기 때문이었습니다. 이렇게 한때 사람들의 놀림감이 되었던 한신은 어려운 시기를 넘기고 나라에 등용된 후 혁혁한 공을 세워 마침내 초나라의 왕이 되었습니다. 젊은 날 큰 뜻을 품고 있었기에 고난과 치욕을 감내하며 묵묵히 정진하여 끝내 후세에 손꼽히는 명장으로 이름날 수 있었던 것입니다.

■ 고난과 치욕이 닥칠 때 포기하고 좌절하면 인생은 그것으로 끝나지만 꾸준히 노력해 그 고난과 치욕을 극복하면, 세상을 품을 수 있는 그릇과 능력이 커지는 것입니다. 그러므로 고난과 치욕을 얼핏 불행한 것이라 생각할 수도 있지만 그것을 대처하는 태도에 따라 큰 사람이 될 기회로 바뀔 수 있는 것입니다.

5. 더불어 사는 길

행복의 비결

미국의 대재벌 록펠러는 43세 때 이미 세계에서 가장 큰 회사를 경영하였으며 53세 때는 세계 최고의 부자가 되었습니다. 그러나 그 즈음 그는 몸이 쇠약해지고 지독한 피부병까지 얻게 되었습니다. 머리카락과 눈썹이 빠지고 몸은 바짝 여위어만 갔습니다. 일 주일에 몇 백만 달러씩 벌어들이는 그의 수입도 아무런 위안이 되지 못했습니다.

그는 겨우 몇 조각의 비스킷과 물로 식사를 대신할 정도로 건강이 나빠졌습니다. 거기에다 돈벌이에만 급급했던 탓으로 인심을 잃어 그를 미워하는 사람들이 많았기 때문에 항상 경호원과 동행을 해야 했습니다. 이렇듯 록펠러는 언제나 무엇에 쫓기듯 잠도 제대로 잘 수가 없었습니다.

억만장자 록펠러는 더 이상 행복하지 않았으며 그의 얼굴은 굳어 버렸습니다. 록펠러를 진단한 의사들은 모두가 1년 이상 살 수 없다고 했고, 언론은 그의 막대한 재산이 누구에게 갈 것인지에 대단한 관심을 보이고 있었습니다.

이 지경에 이르자 록펠러는 많은 것을 생각하게 되었습니다. 건강을 잃은 후에 재산이 무슨 소용이며 권세나 명예 또한 무슨 가치가 있을까 되새기게 되었습니다. 마침내 그는 '인생은 돈이 전부가 아니다' 라는 사실을 깊이 절감했습니다.

그래서 그는 벌어 놓은 막대한 재산을 사회에 환원하기로 작정하고 가난한 이웃과 불쌍한 사람을 돕기 시작했습니다. 그는 '록펠러 재단' 을 설립하여 식량, 인구, 의학, 교육, 문화 등 다방면에 많은 지원을 아끼지 않았습니다.

그러자 록펠러에게 기적이 일어났습니다. 악화되었던 건강은 점차 회복되었고 잠도 잘 자고 음식도 잘 먹게 되어 예전의 건강을 다시 찾게 되었습니다. 무엇보다도 가장 큰 변화는 그의 얼굴에 웃음이 돌아온 것이었습니다.

삶의 기쁨을 되찾은 그는, 최고의 권위를 지닌 의사들이 54세까지밖에 살 수 없다고 했던 진단과는 달리 98세까지 장수를 누렸습니다. 돈에 대한 집착에서 벗어나 마음을 비우자 마음의 평화와 인생의 축복이 찾아온 것입니다.

■ 인생의 목적은 보람 있는 일을 해서 행복하게 사는 데 있는 것이지 결코 황금의 궁전을 짓는 데 있지 않습니다. 생활하고 남는 여력이 있다면 세상으로 눈을 돌려야 합니다. 그것은 남을 위한 것이 아니라 바로 자신을 위해 필요한 일입니다. 인생의 참된 행복은 바로 주는 생활에 있기 때문입니다.

우리는 남에게 무언가 도움이 되는 사람이 되어야 합니다. 남을 돕는 마음에서 평화와 사랑과 기쁨이 생기는 것이며 인생의 궁극적 목적인 행복을 얻을 수 있습니다.

사랑 에너지

인도의 성자 썬다 싱은 눈보라가 몰아치는 어느 날, 네팔 지방의 산길을 가게 되었습니다. 다행히 방향이 같은 여행자가 있어 두 사람은 당장이라도 얼어버릴 듯한 추위 속에서 거세게 불어오는 바람과 눈발을 헤치며 바삐 발걸음을 옮겼습니다.

얼마나 갔을까, 인적이라곤 찾아볼 수 없는 산비탈에 이르렀을 때 눈 위에 쓰러져 있는 사람을 발견했습니다. 썬다 싱이 동행자에게 이렇게 말했습니다.

"우리 이 사람을 데리고 갑시다. 그냥 두면 틀림없이 얼어 죽을 것입니다."

그러자 여행자는 반대했습니다.

"미쳤소? 나도 죽을지 모르는 판국에 한가하게 누가 누구를 돕는다는 말이오?"

그는 오히려 화를 내며 혼자 서둘러 가 버렸습니다. 썬다 싱은 할 수 없이 쓰러진 사람을 등에 업고 힘겨운 발걸음을 내딛기 시작했습니다. 눈보라는 갈수록 심해지고 걷기조차 힘든 지경이었습니다. 등에 업은 사람의 무게 때문에 그는 온 몸에 땀을 흘릴 수밖에 없었습니다. 그러는 동안 등에 업힌 사람 또한 썬다 싱의 뜨거운 체온으로 몸이 녹아 점점 의식을 회복했습니다. 마침내 마을 가까이 왔을 때, 그들은 얼어 죽은 시체 하나를 보았습니다.

"아니, 저 사람은……?"

그 시체는 바로 그들을 버리고 먼저 가 버린 여행자였습니다. 혼자 길을 향한 여행자는 점점 체온이 낮아져 얼어 죽었고, 죽어 가는 사람을 업고 간 싱은 서로의 체온으로 인해 살아 남을 수 있었던 것입니다. 만약 얼어 죽은 여행자도 죽어가는 사람을 돌보며 함께 길을 갔다면 살 수 있었을지도 모릅니다. 자기 자신을 위한다는 것이 스스로의 목숨을 뺏은 것입니다.

로마의 철학자 세네카는 '다른 사람에게 선을 베푸는 사람은 무엇보다 자기 자신에게 가장 큰 선을 베푸는 사람이다' 라고 했습니다. 이 말은 남을 위해 행하는 선이지만, 결국 그렇게 선행을 함으로써 자기 자신의 마음을 풍요롭게 하여 스스로에게 선을 행하는 것임을 일깨우는 말입니다.

대가가 따르는 선행보다 대가를 초월한 선행은 스스로에게 든든한 자부심을 주어, 가치 있는 인간성을 형성하고 자신감과 행복이라는 귀중한 보물을 얻을 수 있게 해 줍니다. 남을 위하는 것은 곧 자신을 위한 길입니다.

■ 맹자는 '측은히 여기는 마음이 없으면 사람이 아니다'라고 말했습니다. 측은히 여기는 마음은 불쌍하고 가엾게 여기는 마음으로 약한 사람을 돌보고 고난에 빠진 사람을 도와주는 것으로써, 넓게 확대하면 생명을 가진 모든 것에 두루 자비로운 마음으로 선을 베푸는 것을 말합니다. 이 측은히 여기는 마음은 인간의 본성에 원래 들어 있는 것으로 하늘로부터 타고난 양심이라고 했습니다.

마음의 빛

　중국 춘추시대의 일입니다. 초나라의 장왕이 어느 날 모처럼 신하들을 불러 잔치를 베풀었습니다. 밤이 되자 왕은 더욱 흥을 돋우기 위해 후궁 허희를 불러 신하들에게 직접 술을 따르도록 했습니다.

　허희가 신하들에게 술을 따르며 다닐 때, 갑자기 회오리 바람이 불어 촛불이 꺼졌습니다. 그 순간 임금의 후궁인 허희의 아름다운 미모에 반했던 어느 신하가 허희의 허리를 끌어안았습니다.

　허희는 어둠 속에서 불쾌한 마음에도 기지를 발휘하여 신하의 손길을 뿌리치며 그의 관끈을 끊어 버렸습니다. 이내 촛불이 다시 밝혀지고 허희는 임금에게 다가가 귓속말로 사태의 전말을 고하며 이렇게 말했습니다.

　"소녀의 몸에 손을 댄 무엄한 자를 찾아 벌해 주소서."

　아무리 취중이라도 임금의 후궁을 넘보는 무례를 범한

자는 죽어 마땅한 시절이었습니다. 그러나 장왕은 후궁의 청에도 불구하고 아무 일 없었던 것처럼 미소를 지으며 말했습니다.

"모두 들으시오. 연회가 무르익어 흥이 절로 나니, 오늘은 격식 따위를 차리지 말고 마음껏 취하도록 합시다. 그러니 그 거추장스런 관끈은 모두 풀어 버리시오."

장왕은 후궁의 정절을 위해 신하를 욕되게 할 수 없다고 판단했던 것입니다. 그리고 끝내 이런 실수를 한 신하가 누구인지 알려고 하지도 않고 끝까지 웃음 띤 얼굴로 연회를 계속했습니다.

이런 일이 벌어지고 몇 년이 지나 장왕은 정나라를 치다가 원병인 진나라 군대에게 쫓겨 도망을 치게 되었습니다. 이때 위험을 무릅쓰고 부장인 당교가 끝까지 왕을 호위하여 안전한 곳으로 피신시켰습니다. 무사히 돌아온 왕은 곧 당교에게 큰 상을 내리려고 했습니다. 그러나 당교는 사양하며 이렇게 말했습니다.

"신은 이미 크나큰 상을 받았나이다."

"대체 무슨 소리인가? 과인은 아직 경에게 상을 내리지도 않았는데."

"지난 날 연회에서 신은 이미 목숨을 상으로 받았사오니 오
늘의 이 상은 거두어 주소서."

장왕은 고개를 끄덕였습니다. 연회가 있던 날, 어둠을 틈
타 허희의 허리를 끌어안았던 자가 바로 당교였던 것입니
다. 만일 그 당시 불경한 죄를 추궁하여 범인을 색출하였다
면 왕의 운명은 또 어떻게 되었을까요? 참으로 기막힌 인연
이 아닐 수 없습니다. 인과응보라 할까. 베풀면 언젠가는 보
답을 받기 마련입니다.

> ■ 관용은 잘못을 저지른 사람을 너그럽게 용서해 주는 것
> 입니다. 그렇기 때문에 은혜를 입은 사람은 문책을 받는 것
> 보다 더 큰 마음의 부담을 느껴 스스로 개과천선의 계기로
> 삼게 됩니다. 그리고 그 은혜를 평생 잊지 않고 마음에 새
> 기는 것입니다. 그리하여 언젠가 기회가 오면 그 은혜를 보
> 답하게 되는 것이 세상의 이치입니다.

고귀한 전통

1852년, 영국 해군이 자랑으로 여기던 수송선 '버큰헤이드 호'가 장병과 그 가족을 태우고 남아프리카를 향해 항해하고 있었습니다. 그 배에 타고 있던 사람들은 모두 630명으로 그 중 130명이 부녀자였습니다.

그 배가 아프리카 남단 케이프타운 근처 해상을 지날 때 암초에 부딪쳤습니다. 그것도 새벽 두 시에 일어난 일이었습니다. 배가 파도에 휩쓸려 다시 한번 세차게 암초에 부딪치자 배는 두 조각이 나고 말았습니다. 선체의 앞부분이 이내 바다 속으로 침몰하자 사람들은 모두 배의 후미 쪽으로 대피하였습니다. 그러나 배의 나머지 부분도 침몰하고 있었기에 이들의 생명은 말 그대로 경각에 달려 있는 셈이었습니다.

이윽고 반 토막마저 서서히 침몰하기 시작하고 엎친 데 덮친 격으로 풍랑은 더욱 거세졌습니다. 죽음에 직면한 사람들은 모두 절망적인 공포에 떨고 있었습니다. 하지만 놀랍게도 이들은 모두 이성을 지키고 있었습니다.

선장인 시드니 세튼 대령은 전 장병들을 갑판 위에 집결하라고 명령 했습니다. 수백 명의 병사들이 마치 훈련을 할 때의 모습으로 질서 정연하게 집합하여 열을 정돈하였습니다. 그 동안 한 편에서는 횃불을 밝히고 여자와 어린이를 3척의 구명정으로 무사히 하선시켰습니다.

마지막 구명정이 그 배를 떠나는 동안에도 갑판 위의 장병들은 관병식을 하는 것처럼 모두가 꼼짝하지 않고 서 있었습니다. 구명정에 옮겨 타 생명을 건진 부녀자들이 갑판 위에서 의연한 모습으로 죽음을 기다리는 장병들을 바라보며 흐느껴 울었습니다. 마침내 버큰헤이드 호가 파도에 휩쓸려 완전히 침몰하고 갑판 위에 서 있던 병사들의 머리도 모두 물 속에 잠겼습니다.

'여자와 어린이가 먼저'라는 전통은 이렇게 버큰헤이드 호에 의해 전통을 세우게 되었습니다. 그 전까지는 배가 조난되면 우선 힘센 자들이 먼저 구명정에 옮겨 타고 연약한 여자와 어린이는 뒤에 남아 죽어야만 했습니다. 용기와 희생, 그것은 비상시에 직면할 때마다 영국 국민이 지켜 내려

온 고귀한 전통입니다.

우리가 이 같은 조난 사고를 오래도록 기억하는 것은 위급한 상황에서 취한 지휘관들의 그 놀라운 책임의식과 훌륭한 대응능력을 높이 사기 때문입니다. 더구나 자기를 희생하고 남을 살린 살신성인의 숭고한 희생정신을 잊을 수가 없기 때문입니다.

■ '타이타닉'이란 영화를 본 사람들은 2,200명의 엄청난 승객이 죽음을 당하는 극한 상황에서도 '여자와 어린이가 먼저'라는 불문율이 어김없이 지켜진 사실에 크게 감명을 받았을 것입니다. 일찍이 인류가 만들어 놓은 전통 가운데 이처럼 고귀한 전통도 없을 것이며, 또한 이처첨 지키기 어려운 전통도 아마 없을 것입니다. 이것은 실로 인간으로서는 극한의 자제력과 용기 없이는 절대 할 수 없는 숭고한 희생이기 때문입니다.

속 깊은 우정

'만종', '이삭줍기' 같은 불후의 명작을 그려 화성(畫聖)이라고 까지 불리는 프랑스의 화가 밀레가 젊은 시절 파리 근교의 깊은 숲 속에 자리 잡은 농촌에서 농민화가로 가난힌 창작생활을 하고 있을 때의 이야기입니다.

그때만 해도 무명의 화가였던 그의 그림은 팔리지 않았고, 흙바닥의 넓은 화실에는 불을 땔 화목조차 없이 부인과 어린 아이들이 배고픔과 추위에 떨고 있었습니다. 그때 한창 신진화가로 인기를 끌고 있던 그의 친구 루소가 찾아왔습니다.

루소는 가난한 친구의 온기 하나 없는 화실을 두루 살피고는 무슨 생각을 했는지 밀레의 여러 작품들 중 '접목하는 사나이' 라는 그림을 골라내며 이렇게 말했습니다.

"이 그림은 정말 걸작이구만. 내가 알고 지내는 사람이 자네의 그림 한 점을 꼭 구해 달라고 하는데 이 그림을 주지 않겠나?"

밀레는 친한 친구의 부탁이라 쾌히 승낙했습니다. 루소는 그림을 감상하며 머뭇거리다가 조심스럽게 말했습니다.

"이 그림의 대금으로 그 사람이 내게 이것을 주더군. 얼마나 되는지 모르지만 날 봐서 그대로 받게나."

"아, 좋고말고. 값이야 얼마가 되었든 관계없네. 팔아 줘서 고맙네."

밀레는 건네준 봉투를 주머니에 넣고 오랜만에 만난 친구와 이야기를 나눴습니다. 그리고 친구를 전송하고 돌아온 밀레는 봉투를 열어 보고 깜짝 놀랐습니다.

거기에는 놀랍게도 500프랑이란 큰 돈이 들어 있었습니다. 밀레의 가족이 겨울을 훈훈하게 날 정도의 돈이었습니다. 오랜만에 밀레 가족에게 생기가 돌았습니다.

이런 일이 있은 후 몇 년이 지나 밀레는 루소의 집을 방문할 기회가 있었습니다. 그런데 그의 거실에 자기의 그림 '접목하는 사나이'가 걸려 있는 것이 아니겠습니까?

"아니, 이 그림이 왜 여기에 걸려 있는가?"

루소는 아무런 말도 없이 조용한 미소로 답했습니다. 밀레는 루소의 속 깊은 우정에 감격했습니다. 루소는 가난한 친구에게 부담을 주지 않기 위해 다른 사람의 이름을 빌어 자신의 돈으로 친구를 도왔던 것입니다. 생색을 내지도 않고 부담감도 갖지 않게 도와 주었던 루소의 속깊은 우정이 아름답기만 합니다.

■ 영국의 철학자 베이컨은 친구가 없는 세상을 황야에 비유했습니다. 아무도 없는 황무지를 쓸쓸히 걸어가는 사람을 상상해 보십시오. 얼마나 외롭고 처량하겠습니까? 우리에게 어려움이 닥쳤을 때 찾아갈 사람도 없고 같이 의논할 사람도 없다면 우리의 인생은 얼마나 비참하겠습니까?
곁에 있는 친구를 소중히 여기십시오. 삶의 좌절과 고통의 시기에 든든한 버팀목이 될 친구가 있다면 그것만으로도 충분히 인생은 다시 시작할 힘을 얻는 것입니다.

갈릴리 호수와 사해

이스라엘에는 『성경』에 자주 등장하는 갈릴리 호수와 사해가 있습니다. 이 두 호수는 다 같이 헤르몬 산에서 발원하는 요르단 강물을 받아들이고 있으나 한쪽은 '살아 있는 호수'이고, 다른 한쪽은 '죽은 호수'입니다. 그 이유를 알아보면 참 오묘한 자연의 섭리를 깨닫게 됩니다.

갈릴리 호수는 이스라엘의 중요한 수원으로 물이 맑고 깨끗하여 각종 물고기가 뛰어 놀고 있을 뿐만 아니라 호수 주변에 있는 산에는 나무가 무성하고 경치 또한 아름답습니다. 그런데 같은 요르단 강물을 받아들이고 있는 사해는 잘 알려진 대로 다른 바닷물보다 몇 배나 많은 염분을 가지고 있기 때문에 전혀 생명체가 살 수 없는 '죽은 바다'입니다. 그래서 물고기는 물론 그 주변에 나무나 풀도 자라지 않아 삭막하기 이를 데가 없습니다.

그럼 사해는 왜 이렇게 '죽은 바다'가 되었을까요? 이 지

구상의 모든 바다는 물이 들어오는 곳과 나가는 곳이 있어 다른 바다로 흘러가도록 되어 있습니다. 그런데 오직 사해만은 흘러 들어오는 입구만 있을 뿐 나가는 출구가 없습니다. 흘러 들어오는 물이 나갈 수 없으니 자연히 수증기로 증발될 수밖에 없습니다. 그 결과 염분만 계속 축적되어 아주 짠 죽음의 바다가 된 것입니다.

이 같은 자연의 섭리는 인간에게도 그대로 적용됩니다. 남에게 베풀 줄 아는 사람은 많은 이웃사람들에게 즐거움을 주고 인정이 넘치는 풍요로운 사회를 만들어 가지만 남에게 베풀 줄 모르는 사람은 자기 욕심만 채우기 때문에 이 세상을 메마르고 삭막한 사회로 만드는 것입니다.

■ 우리는 날마다 말과 인사를 주고 받고 물건과 돈을 주고 받습니다. 지식과 정보를 주고 받고 사랑과 미움을 주고 받습니다. 그러나 받으면 돌려주어야 하는 것이 세상을 살아가는 기본적인 도리입니다. 우리는 남에게 받은 것은 어떤 형태로든 보상할 줄 아는 사람이 되어야 합니다. 내가 받아온 사랑과 혜택은 남에게 베풀어줌으로써 되돌려 주어야 하고, 내가 받은 지식은 남에게 가르쳐 줌으로써 되돌려 주어야 하며, 남을 통해 번 돈은 사회에 환원함으로써 되돌려 주어야 합니다.

얼룩말의 생존전략

아프리카의 초원을 누비는 얼룩말은 연약한 동물입니다. 얼룩무늬의 모습 또한 멀리서도 눈에 잘 띄어 온갖 맹수의 표적이 되기 쉽습니다. 맹수가 쫓아오면 타고난 재주 하나로 열심히 달아날 뿐입니다.

그러나 이처럼 연약한 얼룩말이 사자나 표범과 당당히 맞서 이기는 때도 있다는 사실을 아는 사람은 그리 많지 않을 것입니다. 그렇다면 어떻게 얼룩말이 맹수를 이길 수 있는 것일까요?

물론 얼룩말은 처음부터 맹수와 맞서지 못합니다. 맹수가 쫓아오면 달릴 수 있는 데까지 도망을 갑니다. 그러다 더이상 달아날 수 없는 막다른 곳에 이르면 맹수에 대항하기 위해 얼룩말들은 진을 짭니다.

서로 머리를 맞대고 둥그런 원을 그린 뒤, 자신들이 가진 강력한 뒷발로 달려드는 맹수를 향해 사력을 다해 발길질을 합니다. 백수의 왕이라 불리는 사자뿐만 아니라 날카로운 발톱을 가진 표범도 얼룩말이 이렇게 진을 짜고 대항하면 속수무책이라고 합니다.

그러다가 얼룩말 중 일부가 겁에 질려 대열을 이탈하면 그제야 무리 속으로 뛰어들어 사냥을 한다고 합니다.

얼룩말은 약합니다. 그러나 위기에 처했을 때 살아 남을 수 있는 방법을 알고 있습니다. 그것은 다름 아닌 협동하는 것입니다. 개개의 힘으로는 대항할 수 없는 강적이라도 협동단결하면 물리칠 수 있다는 것을 연약한 아프리카의 얼룩말에서 배울 수 있습니다.

연약한 얼룩말이 사나운 맹수를 물리칠 수 있는 것은 뒷발로 걷어차는 힘이 아니라 한데 뭉쳐 대항함으로써 발휘되는 '시너지 효과' 때문입니다.

한 사람의 능력에 또 한 사람의 능력이 보태질 때, 두 사람의 능력이 보태진 효과 이상의 힘이 나오는 것입니다. 여럿이 함께함으로써 상승효과를 얻는 것은 협동이 주는 놀라운 힘입니다.

■ 러시아의 혁명가 크로포트킨은 상호부조론에서 적자생존의 원리를 역설했습니다. 즉 생존경쟁의 결과 그 환경에 맞는 개체는 살아남고 그렇지 못한 개체는 점차 쇠퇴하여 멸망해 간다는 것입니다. 이것이 적자생존의 원리입니다. 그러면 사람에게 이 원리를 적용했을 때 환경에 적응해서 살아남게 될 사람은 어떤 사람일까요? 그것은 상호협조의 능력이 강한 사람, 즉 협동을 잘하는 사람이 적자가 될 수 있다는 것입니다.

운명적인 만남

눈이 멀고, 귀가 멀고, 말도 못하는 세 가지 불구를 한 몸에 타고난 삼중고의 성녀 헬렌 켈러는 『만약 나에게 3일 간의 광명을 준다면』이라는 저서에서 '내가 만일 3일 동안 눈을 뜰 수 있다면, 첫날 눈 뜨는 순간 나를 가르쳐 준 설리반 선생님을 보고 싶다. 그 인자한 모습, 끈질긴 사랑의 힘, 그리고 성실함 등 이 모든 성품을 내 마음속에 깊이 새겨 놓겠다' 고 눈물겨운 소망을 말했습니다. 맨 먼저 만나고 싶다는 설리반 선생은 헬렌 켈러에게 어떤 존재였을까요?

그녀의 빛나는 생애는 설리반 선생과의 운명적인 만남에서부터 시작되었습니다. 만약 헬렌 켈러가 설리반 선생을 만나지 못했더라면, 그녀는 하잘 것 없는 삼중고의 불구자로 오직 먹기만 하는 짐승 같은 가련한 생을 살다 마감했을지도 모릅니다. 그러나 설리반 선생을 만나 그녀의 헌신적인 교육에 힘입어 불굴의 투지로 신체장애를 극복하고 마침내 저술가로, 사회복지운동가로 우뚝 선 세계 최초의 맹·농아 법학박사가 되는 빛나는 인생을 살 수 있었습니다. 이 것은 전적으로 설리반 선생의 헌신적인 사랑과 보살핌에 의해 성취된 것입니다.

만남은 대단히 중요한 의미가 있습니다. 언제 어떤 사람을 어떻게 만나느냐는 특히 중요합니다. 젊은 시절에 어떤 사람을 만나서 어떤 영향을 받고 성장하느냐에 따라 그 사람의 미래가 결정되기 때문입니다. 우리의 성실한 만남 속에 인생의 행복과 미래가 있습니다. 우리의 만남은 설리반 선생과 헬렌 켈러의 만남처럼 영혼의 만남, 힘과 빛이 되는 만남, 기쁨과 축복이 되는 만남을 만들어야 합니다.

■ 〈나와 너〉의 저자 마틴 부버는 '모든 참다운 삶은 만남에서 시작된다' 고 했습니다. 참다운 삶은 참된 만남에서 시작됩니다. 사람은 어떤 사람과 만나느냐에 따라 삶의 방향과 질이 얼마든지 바뀔 수 있습니다. 특히 인생의 뜻을 진지하게 탐구하기 시작하는 청소년기에 어떤 사람을 만나느냐에 따라 그 사람의 장래가 결정된다고 해도 과언은 아닙니다. 사람이란 자기가 좋아하는 사람을 본받으려 하기 때문입니다. 성공적인 삶을 위해 사람을 잘 만나야 하는 이유가 바로 여기에 있습니다.

친절이 맺어 준 인연

폭풍우가 심하게 몰아치던 어느 밤, 어느 노부부가 작은 호텔에 들어와 방을 찾았습니다. 그러나 이미 호텔은 만원이었습니다. 노부부는 바람이 세차게 불어 대는 밤거리로 다시 나가야 한다는 사실에 무척 난감한 표정을 지으며 우두커니 서 있었습니다. 다른 호텔도 모두 만원이었기 때문에 더 이상 갈 곳이 없었습니다. 그때 노부부 앞으로 다가온 젊은 종업원은 방을 구해주지 못한 것이 자기의 잘못이라도 되는 것처럼 걱정을 하며 말했습니다.

"이렇게 날씨가 사나운 밤에 나이 드신 어른을 마냥 서성이게 해서 최송합니다. 괜찮으시다면 오늘은 제 방에서 주무십시오."

노부부는 한참 망설였지만 결국 종업원의 간곡한 권유에 못 이겨 그의 방에서 묵게 되었습니다. 다음날 아침 노부부는 계산을 하며 종업원에게 이렇게 말했습니다.

"당신의 친절에 감격하지 않을 수 없구려. 나는 당신을 위해 미국에서 제일 좋은 호텔을 지어 주겠소."

뜻밖의 제의였으나 종업원은 그저 조용히 웃는 얼굴로 배웅했습니다. 몇 년이 지난 후에 이 젊은 종업원은 노부부로부터 뉴욕으로 초청하는 편지를 받았습니다. 종업원이 도착하자 노부부는 웅장한 새 건물이 서 있는 5번가와 34번가가 교차하는 길모퉁이로 젊은이를 데리고 갔습니다.

"이것이 바로 내가 당신에게 지어 주기로 약속한 호텔이오."

이 노인의 이름은 윌리엄 월토프 아스토였고 그 호텔이 그 유명한 월토프 아스토리아 호텔이었습니다. 종업원이었던 조지시 볼트가 이 호텔의 첫 관리인이 된 것은 두말할 필요가 없습니다. 비록 작은 친절이지만 순수한 마음에서 우러나온 친절이었기에 노부부는 두고두고 잊을 수 없는 고마움으로 기억하며 그 젊은이를 신뢰할 수 있는 사람으로 인정하여 새 호텔의 관리인이라는 중책을 맡긴 것입니다.

베풀면 보상을 받게 된다는 것은 인간 사회에서 흔히 볼 수 있습니다. 다만 그 친절이 순수한 것이었나 아니었나의 문제가 있을 뿐입니다.

■ 사람의 인연이란 묘한 것입니다. 작은 친절이 이렇듯 사람의 마음을 감동케 하고 큰 보상으로 되돌아 올 줄 누가 알았겠습니까? 프랑스 철학자이며 물리학자인 파스칼은 '자신에게 이해관계가 있을 때만 타인에게 친절하고 어질게 대하지 말라. 슬기로운 사람은 이해관계를 떠나 누구에게나 친절하고 누구에게나 어진 마음으로 대한다. 왜냐하면 어진 마음 자체가 스스로에게 따스한 체온으로 작용하기 때문이다' 라고 말했습니다. 친절은 무엇보다 순수해야 합니다. 다른 목적이 들어 있어서는 안 됩니다. 그래야 상대방이 진정 감동하고 신뢰하여 고마움을 느끼기 때문입니다.

친절이라는 이름의 활력소

어느 대기업체의 사장이 수출물량이 넘쳐 하청을 주어야 할 형편이 되었습니다. 그래서 그는 신용 있는 하청업자를 구하러 나섰습니다. 주문한 대로 납품이 되지 않아 애를 먹었던 경험이 있었던 사장은 하청업자 선정 문제로 걱정이 많았습니다. 그래서 사장은 하청업자 선정을 임원들에게 맡기지 않고 직접 나서서 찾기로 했습니다. 그는 독특한 방법으로 업체를 물색했습니다. 허름한 옷차림으로 하청업자를 직접 방문하는 것이었습니다.

첫 번째 방문한 회사에서는 대뜸 수위실에서 퇴짜를 맞았습니다. 콧대 높은 수위가 아무리 사정을 해도 들여보내지 않았던 것입니다. 명함을 꺼내 보이며 자초지종을 이야기했지만 수위는 믿으려 하지도 않았을 뿐더러 바쁜데 귀찮다는 듯이 소리를 지르며 내쫓았습니다.

두 번째 회사는 수위실을 통과했지만 공장장에게 퇴짜를

맞았습니다. 담당직원에게 사장을 만나기를 청해 보았지만 허름한 옷차림을 보고 출장을 갔다고 둘러댄 것입니다. 겨우 찾아가 공장장을 만났지만 미덥지 않다는 듯이 건성으로 대하는 태도가 여간 불쾌한 것이 아니었습니다.

세 번째 회사에 가서 뜻을 이룰 수 있었습니다. 수위는 웃는 얼굴로 정답게 인사하며 용건을 묻고는 즉시 담당자에게 전화를 걸었습니다. 그리고 담당자는 직접 수위실까지 나와 손님을 맞았습니다. 그 역시 성실하고 친절한 사람이었습니다. 마침내 사장을 만났을 때 그는 결심을 굳혔습니다. 검소한 사장실에 작업복을 입고 있는 사장의 모습에서 겉치레는 찾아 볼 수가 없었습니다. 또한 공장의 내부를 둘러보았을 때 직원들의 일하는 모습 역시 활기가 넘치고 열심히 일하는 태도를 금방 알 수 있었습니다. 결국 그 회사는 납품업체로 선정되어 당장 직원을 더 모집해야 할 만큼 많은 주문을 받게 되었습니다.

손님을 맞는 수위의 지위가 벼슬인 양 찾아온 손님을 불쾌하게 만든 행동이 회사에 큰 손해를 입혔습니다. 손님을 응대하는 태도가 개인에 따라 다른 것은 당연하지만, 친절하지 못한 태도로 회사와 직원들의 일감을 빼앗은 것과 다름없기 때문입니다. 그런가 하면 또 다른 수위는 찾아온 손님을 친절하게 안내하여 회사에 큰 이익을 가져다 준 것입니다.

■ 친절이란 남을 대할 때 정답고 부드러운 태도와 공손하고 성의 있는 자세를 말합니다. 정다운 표정, 부드러운 말투, 공손한 태도, 성의 있는 봉사, 이 네 가지는 친절에 필요한 조건들입니다. 이 친절한 태도가 행운을 불러오는 것입니다.

친절은 남에게 정답고 부드럽게 대하는 것으로 시작됩니다. 서로가 따스한 마음을 가지고 친절하게 대하면 기분이 좋아질 뿐 아니라 상대방에게 호감이 가서 금방 친근감을 갖습니다. 친절이야말로 사회생활에 없어서는 안 될 활력소와 같은 것입니다.

큰 사람의 세상살이

고려의 명장 강감찬(姜邯贊, 948-1031) 장군이 귀주에서 거란군을 대파하고 돌아오자 현종은 친히 마중을 나가 얼싸 안고 기뻐하였습니다. 그리고 친히 왕궁으로 초청하여 여러 조정의 중신들과 더불어 주연상을 성대하게 베풀었습니다. 한창 주흥이 무르익을 무렵, 유독 강감찬 장군만이 무언가 골똘하게 생각하는 눈치였습니다. 장군은 현종의 허락을 얻어 잠시 소변을 보러 다녀오겠다며 자리를 떴습니다. 문을 나서던 장군은 슬쩍 내관에게 눈짓을 했습니다. 그러자 시중을 들던 내관이 이내 그를 따라 나왔습니다. 장군은 내관을 가까이 불러 조용히 말했습니다.

"내가 조금 전에 시장기를 느껴 밥을 먹으려고 그릇 뚜껑을 열었더니 밥이 담기지 않은 빈 그릇이었네. 도대체 어떻게 된 일인가? 내 짐작으로는 경황이 없어 그대들이 실수를 한 모양인데 이를 어찌하면 좋겠는가?"

내관은 순간 얼굴이 파랗게 질려 버렸습니다. 실수를 해도 이만저만한 실수가 아니었습니다. 오늘의 주빈이 강 장군임을 볼 때, 그 죄는 면할 길이 없었습니다.

"아이고, 장군님 제발 살려 주십시오."

내관은 땅바닥에 꿇어 엎드려 부들부들 떨기만 했습니다. 이때 강 장군이 이렇게 의견을 냈습니다.

"성미가 급하신 상감께서 이 일을 아시게 되면 모두들 무사하지 못할 테니 이렇게 하는 것이 어떤가? 내가 소변을 본다는 구실로 일부러 자리를 떴으니 내가 자리에 앉거든 자네가 내 곁으로 와서 '진지가 식은 듯하니 다른 것으로 바꿔 드리겠습니다' 하고 식사를 바꾸는 게 어떻겠는가?"

내관은 너무나 고마워 어찌할 바를 몰랐습니다. 그와 같은 일이 있은 후 강 장군은 이 일에 대해 끝까지 입을 열지 않았습니다. 하지만 은혜를 입은 내관은 동료들에게 사실을 말했으며 그 이야기가 다시 현종의 귀에까지 들어가 훗날 현종은 강감찬 장군의 인격을 높이 치하하여 모든 사람의 귀감으로 삼았다고 합니다.

관용은 항상 내 마음에 비추어 남의 마음을 헤아려 보는 자세에서 출발하는 것입니다. 우리는 남을 이해하고 남의 입장을 헤아려 주는 너그러운 사람이 되어야 합니다.

■ 셰익스피어는 '남의 잘못에 대해 관용하라. 오늘 저지른 남의 잘못은 어제의 내 잘못이었던 것을 생각하라. 잘못이 없는 사람은 아무도 없다. 인간이 완전하지 못하다는 점을 이해하고 너그럽게 대하라' 고 말했습니다.

너그러운 사람은 도량이 넓은 사람입니다. 도량이란 깊은 생각으로 사물을 대하는 태도를 일컫는 말입니다. 남의 잘못을 꾸짖기보다는 큰 차원에서 용서해 주는 마음입니다.

인과응보

어느 날 밤, 미국의 유명한 외과의사인 반 아이크 박사에게 전화가 걸려 왔습니다. 아이크 박사는 급히 전화를 받았습니다.

"여보세요, 저는 그랜드 폴스 병원의 하이든입니다. 한 소년이 총을 가지고 장난을 하다가 그만 오발하는 바람에 생명이 위태롭습니다. 박사님께서 좀 도와 주십시오."

"예, 알겠습니다. 곧 가지요."

아이크 박사는 그 즉시 60마일 떨어져 있는 그랜드 폴스 병원으로 가기 위해 급히 자동차를 몰았습니다. 아이크 박사는 최대의 속력으로 달려갔습니다. 그런데 어느 네거리에서 웬 사나이가 아이크 박사의 차 앞을 가로막았습니다. 그는 급히 차를 세웠습니다.

"무슨 일이오?"

아이크 박사는 무조건 차에 오르는 사나이에게 물었습니

다. 그러나 그는 대답 대신 주머니에서 권총을 꺼내 위협했습니다.

"잔말 말고 어서 차에서 내려! 내가 이 차를 좀 써야겠다."

"여보시오, 나는 의사입니다. 방금 생명이 위급한 환자가 생겼다는 연락을 받고 가는 길이니 사람 하나 살리는 셈치고 나를 보내 주시오."

반 아이크 박사는 사나이에게 사정을 했지만 소용이 없었습니다. 차 밖으로 떠밀린 그는 기차라도 타야겠다고 허겁지겁 역으로 뛰어갔습니다. 그러나 기차는 조금 전에 떠나고 없었습니다. 하는 수 없이 길 가에서 지나가는 차를 기다렸습니다. 우여곡절 끝에 마침내 하이든이 기다리고 있는 그랜드 폴스 병원에 닿았습니다.

"그 아이는 어떻게 되었습니까?"

"10분 전에 사망했습니다, 박사님. 10분만 일찍 오셨더라면 생명을 구할 수 있었을 텐데요."

이때 병원 문이 열리며 죽은 아이의 아버지가 뛰어 들어왔습니다.

"내 아들이 죽었다고요?"

아이의 아버지는 죽은 아이를 끌어안았습니다.

"저 사람이 아이의 아버지란 말인가?"

박사는 크게 놀라며 눈이 휘둥그레졌습니다.

"아니, 왜 그러십니까? 박사님이 아시는 분인가요?"

"예, 저 사람이 바로 병원으로 오던 내 차를 빼앗아 달아난 사람이오."

하이든도 뜻밖의 일에 어안이 벙벙했습니다. 세상에 이런 어처구니 없는 경우가 있겠습니까?

"아이를 죽인 사람은 바로 아이의 아버지인 저 사람이었군 그래."

아이크 박사는 혀를 찼습니다. 이 말을 들은 아버지가 얼굴을 들었습니다. 그는 박사를 보더니 뒤로 몇 걸음 물러섰습니다.

"아니, 당신은……?"

■ 우리의 인생에는 인과응보의 법칙이 지배합니다. 저마다 하는 행동이 우리의 운명, 우리의 행복과 불행이 우리의 삶을 결정합니다. 좋은 씨를 뿌리면 좋은 열매를 거두고 나쁜 씨를 뿌리면 나쁜 열매를 거둡니다. 선한 행동을 하면 좋은 결과가 생기고 악한 행동을 하면 나쁜 결과가 생깁니다. 이렇듯 사람은 자기가 심은 대로 거두는 법입니다.

3등 칸의 슈바이처

프랑스의 포오 헝가리 대통령은 재직 당시 모교의 솔버 대학에서 한 교수의 교육 50주년 기념식에 참석하였습니다. 대통령은 평소에 존경하는 스승인 라비스 박사를 축하하기 위해 간 것이었습니다.

기념식 도중 라비스 박사가 답사를 위해 단상에 오르니 대통령이 내빈석도 아닌 학생석의 맨 뒷자리에 앉아 있는 것이 아니겠습니까? 라비스 박사는 깜짝 놀라 황급히 단상을 내려가 대통령을 단상으로 모시려 했으나 대통령은 한사코 사양하며 말했습니다.

"선생님, 저는 선생님께 배운 제자입니다. 오늘의 주인공은 선생님이십니다. 저는 오늘 대통령의 자격으로 온 것이 아니라 제자의 자격으로 선생님을 축하하기 위해 온 것입니다."

"이렇게 훌륭하신 대통령이 나의 제자라는 사실이 너무나 자랑스럽습니다."

단상에 오른 라비스 박사가 말했습니다. 대통령은 이처럼 영광을 스승에게 돌림으로써 한층 더 훌륭한 대통령임을 증명하였습니다. 사실 겸손한 태도는 자신을 낮추는 일이 아니라 스스로를 높이는 일인데도 사람들은 그 이치를 깨닫지 못하는 경우가 있습니다. 스스로를 높이면 높일수록 낮아지고 천해진다는 사실을 깨달아야 합니다.

아프리카의 람바네데에서 죽어가는 생명을 위하여 의료 활동을 하고 있던 슈바이처가 모금을 하기 위하여 고향으로 돌아왔을 때의 일입니다. 수많은 고향사람들이 마중을 나와 있었습니다. 그런데 열차가 도착했을 때 대부분의 사람들은 저명한 분이니 1등 칸에서 내릴 것으로 생각했습니다. 그러나 슈바이처는 사람들의 기대와는 달리 3등 칸의 맨 뒤 칸에서 내렸습니다.

"아니, 박사님 어떻게 3등 칸을 타고 오셨습니까?"

사람들이 놀라 묻자 박사는 웃으며 대답했습니다.

"4등 칸이 있어야지요. 그래서 3등 칸을 탔습니다."

지극히 높은 경지에 이른 사람은 자기를 드러내 보이거나 자랑하지 않습니다. 저절로 몸에 밴 겸손함은 세상의 어떤 화려한 자랑보다 큰 힘을 발휘합니다. 자신에게 자랑할 만한 것이 있다면 그것은 다른 사람이 인정해 주는 것입니다. 스스로 떠벌인다면 그 자랑거리는 그 순간 하찮은 재주로 변할 뿐입니다.

일찍이 주역(周易)에서 인간이 가진 최고의 덕은 노겸(勞謙)이라고 말합니다. 노겸이란 열심히 일해서 공을 세운 다음 그것을 자랑하지 않는 겸손한 마음을 갖는 것을 말합니다. 큰 일을 하고도 제 자랑을 하지 않고 내세우지 않는 노겸은 인생 최고의 선(善)입니다.

■ 겸손한 사람은 누구에게나 호감을 줍니다. 뿐만 아니라 어디서나 환영과 존경을 받습니다. 왜 그런 것일까요? 겸손한 사람은 언제나 스스로를 낮추고 자만하지 않으며 남을 무시하지 않기 때문입니다. 겸손에 있어 가장 중요한 것은 자기를 드러내지 않는 것입니다.

명분 없는 자존심

경남 하동군에 가마고개라는 작은 고개가 있었습니다. 가마고개라는 이름이 붙여진 내력을 보면 그 기막힌 사연에 곤혹스러움을 금할 길이 없습니다.

조선조 광해군 때의 일입니다. 이 작은 고갯마루에서 시집가는 두 신부의 가마가 마주치는 바람에 시비가 벌어졌습니다. 서로 상대방에게 길을 비키라고 야단을 쳤지만 아무도 양보하지 않았습니다.

문제의 원인은 두 신부의 집안이 서로 다른 학문 계통을 가지고 오랜 세월 다투어 오던 앙숙의 집안이라는 점이었습니다. 한 쪽은 남명 조식의 제자 집안이고, 다른 한 쪽은 퇴계 이황의 제자 집안이었습니다. 어느 한 쪽의 가마가 비켜주거나 비켜 가기만 하면 아무런 일도 생기지 않을 일이었습니다. 그러나 그들의 사무친 파벌의식이 간단한 해결책이 있음에도 각자의 자존심을 명분으로 팽팽하게 대치하게 만든 것이었습니다. 비켜 가는 가마 쪽의 가문이 상대에게 굽히고 들어간다고 생각했기 때문에 어느 한 쪽도 양보를 할 생각이 없었습니다.

두 가마는 그 곳에서 무려 사흘이나 버텼습니다. 그 동안 서로 학문의 계통을 같이하는 유생들까지 합세하여 천막을 치고 같이 농성을 하고 신부를 기다리던 양쪽 신랑 집에서도 달려 나와 대치하게 되었습니다. 뿐만 아니라 시간이 점점 흐르면서 양쪽 학파의 문하생까지 무리지어 몰려와 이 대결에 합류하여 문제는 점점 커졌습니다.

집안싸움이 학파의 싸움으로 번지자 혼인은 온데간데없이 서로의 학문을 헐뜯으며 오랫동안 쌓인 반목을 그 고개에서 결판낼 듯이 팽팽히 대치했습니다. 두 눈을 부릅뜨며 사흘을 버티던 두 가문이 결국, 서로의 명예를 더럽히지 않고 사태를 진정시킬 방법을 찾아냈습니다. 그것은 두 가문의 어른들이 자기 가문의 딸에게 자결을 강요하는 것이었습니다.

슬그머니 무거운 돌덩이가 가마 속으로 들어갔습니다. 두 집안의 딸들은 그것을 붉은 비단 치마폭에 싸안고 벼랑 아래로 뛰어내렸습니다. 시집가던 두 신부를 강바닥에 가라

앉히고 두 가마는 아무 일 없었다는 듯이 오던 길을 되돌아 갔습니다.

대체 명예가 무엇이기에 꽃다운 신부의 목숨과 바꿀 만한 가치가 있었던 것일까요? 이 이야기는 그저 입에서 입으로 전하는 전설에 불과합니다만 우리의 전통적인 사고방식과 어리석은 사람들의 일면을 잘 보여 주는 이야기가 아닐 수 없습니다.

■ 조선시대의 유명한 사색당파의 싸움은 모두가 자기 파벌의 명예나 이득을 위한 정쟁이었습니다. 나라의 어려움은 젖혀 두고 자기 파벌과 학파의 득세를 위해서만 온갖 지혜와 힘을 모았던 어리석은 명예다툼이었습니다.

그런데 21세기를 사는 우리의 정치를 봐도 예전과 그리 다른 것 같지는 않습니다. 모두가 한결같이 국민과 국익을 이야기하면서 사실은 자신들의 당익과 기득권 유지에 급급한 꼴이니 그 와중에 골탕을 먹는 것은 예나 지금이나 가여운 백성뿐입니다.

자전거 도둑

몇 해 전, 20여 년 전 자전거를 훔친 죄값이라며 어느 병원의 원장을 찾아와 돈이 없어 수술을 받지 못하는 불우한 이웃을 위해 써 달라며 2천 500만 원이 든 봉투를 내미는 40대 신사가 있었습니다.

"이것으로 죄책감을 아주 씻어 낼 수는 없겠지만, 조금이라도 죄값을 치르고 싶었습니다."

중소기업을 경영하고 있는 송 씨에게는 씻을 수 없는 과거가 있었습니다. 비록 자기 혼자만 알고 있는 일이었지만 다른 사람의 손가락질을 받는 것보다 더 괴로웠습니다. 27년 동안 그는 죄책감으로 고민하며 살아 왔습니다. '나는 자전거 도둑인데……, 이 죄값을 어떻게 갚을까?'

송 씨의 사연은 1972년으로 거슬러 올라갑니다. 전남 어느 시골의 가난한 집안에서 자란 그는 무작정 상경하여 어렵게 취직을 하였습니다. 그러나 곧 회사 사정으로 공장을 그만두게 되고 보니 당장 라면조차 사 먹을 돈이 없어 굶기를 밥 먹듯 했습니다.

그러던 어느 날 돈을 빌리고자 친척집을 찾아갔으나 친척을 만나지도 못하고 힘없이 돌아오다 어느 점포 앞 길가에 세워 둔 자전거를 보는 순간 그는 그만 이성을 잃고 말았습니다. 그는 훔친 자전거를 집 근처에 가져와 2천 500원에 팔았습니다. 그리고 그 돈으로 라면을 샀습니다.

'라면을 끓여 먹는 동안 왜 그렇게 눈물이 나는지……, 언젠가 성공하면 꼭 주인을 찾아 용서를 빌고 천 배, 만 배로 갚으리라.'

눈물을 삼키며 다짐한 그는 고생 끝에 양변기 부문 생산공장을 설립하여 열심히 노력한 결과 종업원 40여 명을 거느리는 중소기업체로 성장하였습니다. 그 동안 송씨는 자전거 주인을 찾아 백방으로 수소문하였으나 찾을 길이 없었습니다.

남몰래 소년소녀 가장과 불우한 노인들을 돕는 일로 죄값을 치르려 애썼지만, 늘 마음 한 구석이 찜찜했습니다. 그러다 생각 끝에 병원을 찾은 것이었습니다.

"다 털어놓고 나니 응어리가 좀 풀린 것 같습니다. 평생을 두고 갚아 나가야지요."

양심의 존재는 이처럼 위대합니다. 그러나 그보다 잘못
을 뉘우치고 참회하는 마음이 더욱 아름답습니다.

■ 일찍이 독일의 철학자 칸트는 '양심은 인간 내면의 법
정'이라고 말했습니다. 우리 인간의 마음속에는 양심이라
는 법정이 있어 스스로 행동 하나하나에 대한 도덕적 판단
을 할 수 있습니다. 죄를 지으면 양심이라는 법관이 나를
내면의 법정으로 불러내어 준엄하게 심판을 합니다. 그래
서 나를 고발하여 스스로 채찍질을 하고 마음의 가책을 받
게 합니다.
양심의 법정은 사회의 법정처럼 물리적 제재와 신체적 구
속을 줄 수는 없습니다. 그러나 양심의 판결에 불복하면 그
때부터 마음의 고통을 받으며 항상 죄의 굴레에서 두고두
고 고통을 당해야 합니다.

사소한 실수의 대가

조선 정조 때의 명신 정홍순은 늘 갈모를 두 개 준비하고 다녔습니다. 갈모는 비가 내리면 갓에 덧씌우는 우비로 갓을 소중하게 여기는 당시로는 아주 필수적인 것이었습니다. 그는 갈모 하나는 자신을 위해 준비를 했고 나머지 하나는 남을 위한 것이었습니다.

그가 젊었을 때의 이야기입니다. 어느 날 영조께서 동구릉에 거동하시는지라 동대문 밖에서 구경을 하는데 갑자기 비가 쏟아졌습니다. 옆에 선 젊은이가 때마침 비를 가리지 못해 난처해 하고 있었기에 정홍순은 자신의 갈모 한 개를 빌려 주었습니다. 그리고 젊은이는 이튿날 틀림없이 돌려주겠노라 약속을 했습니다.

정홍순은 그 젊은이에게 자신이 사는 집의 위치를 알려 주고 난 뒤 그 젊은이가 사는 곳 또한 알아 두었습니다. 그런데 다음 날이 지나고 며칠이 지나도 갈모를 빌려간 젊은

이로부터 아무런 소식이 없었습니다. 그래서 정홍순은 할 수 없이 남대문 밖에 산다는 그 젊은이의 집을 찾아가 갈모를 되돌려 받았습니다.

그로부터 20여 년이 지난 후, 정홍순은 호조판서라는 높은 벼슬에 올랐습니다. 하루는 좌랑이 새로 발령을 받아 발령인사를 하는데 자세히 보니 그 옛날 자신의 갈모를 빌려 갔던 사람이 아니겠습니까? 그도 마침 정홍순을 알아보고 크게 놀랐습니다.

"그대는 오래 전, 내게 빌려 갔던 갈모를 돌려주지 않았던 사람이 아닌가? 그런 그대가 조정의 중책을 맡으려 하다니, 신용할 수 없는 사람이 어찌 국가의 막중한 재정을 다룰 수 있단 말인가? 그러니 그대는 곧 사직하여 나라에 누를 끼치지 않는 것이 좋겠다."

그 사람은 과거의 작은 실수로 말미암아 벼슬길이 끊어진 것입니다. 그의 실수는 말 그대로 사소한 실수일지 모르나 다른 사람과의 약속을 사소하게 여긴 마음은 되돌릴 수 없는 커다란 인격적 결함으로 작용한 것입니다. 이와 같이 약속을 이행하지 않는 사람은 신용 없는 사람으로서 사람 사이로 이루어진 사회에서는 설 땅이 없어지는 것입니다.

이 신용은 작은 약속에서부터 쌓여집니다. 신용을 지킬 때 서로 믿음이 생기고 서로 돕는 마음이 생기는 것입니다.. 신용은 대인관계의 근본이며 인생을 살아가는 커다란 도덕적 재산입니다. 신용을 얻으려면 언행이 일치해야 합니다. 정직하고 약속을 잘 지키며 책임을 완수할 때, 남에게 신용을 얻을 수 있고 존경을 받을 수 있습니다.

사람은 혼자 살아갈 수 없습니다. 함께 어울려 살아가야 하는 존재입니다. 함께 살기 위해서는 우선 서로 믿음이 있어야 합니다. 인간과 인간 사이에 믿음이 없다면 사회생활을 할 수 없을 뿐만 아니라 사회 자체도 성립될 수 없고 사회질서도 사상누각처럼 무너지게 됩니다. 믿음은 인간관계의 기본질서입니다. 내가 너를 믿지 못하고 네가 나를 믿지 못하면 너와 나의 관계는 무너지는 것입니다. 그래서 일찍이 공자는 무신불립(無信不立)의 철칙을 역설했습니다.

'믿음이 없으면 설 자기가 없다'

이것은 만고불변의 진리입니다. 한번 믿을 수 없는 사람으로 낙인찍히면 그 사람은 사회에서 설 땅이 없는 것입니다. 친구도 없고, 급할 때 돈을 융통할 사람도, 남의 도움조차도 바랄 수 없게 됩니다. 세상에 불신처럼 두렵고 불행한 것은 없습니다.

양심의 소리

유명한 기독교의 교훈이 있습니다. 유태 나라의 율법학자와 바리새파의 사람들이 간음하다 잡힌 여인을 끌고 와서 가운데 세워 놓고 예수에게 물었습니다.

"현자시여, 이 여인이 간음하다 현장에서 잡혔소. 모세의 율법에는 이런 여인을 돌로 쳐 죽이라 하셨소. 그대는 이에 대해 어떻게 생각하오?"

그들이 그 질문을 한 것은 예수를 시험하여 처벌할 구실을 찾기 위함이었습니다. 그러나 예수는 아무 말도 하지 않고 몸을 굽혀 땅바닥에 무언가를 쓰고 있다가 그들이 대답을 재촉하자 일어서며 그들에게 이렇게 말했습니다.

"너희 가운데 죄 없는 자가 먼저 이 여인을 돌로 치라."

그리고 다시 몸을 굽혀 땅에 무언가 쓰기를 계속했습니다. 하지만 이 말을 들은 사람들은 스스로의 양심에 비추어 아무도 돌을 던지지 못했습니다. 결국 하나 둘 사람들은 떠나고 그 자리에는 예수와 여인만이 남았습니다.

"여인이여, 그 사람들은 모두 어디에 있느냐? 너를 정죄한
사람은 하나도 없느냐?"

"아무도 없습니다."

"그럼 나도 너를 정죄하지 않겠다. 다시는 죄짓지 말라."

신약 성서에 등장하는 이 이야기는 무엇을 의미하는 것
입니까? 우리 모두는 자신의 양심에 비추어 당당히 결백하
다고 말할 수 있습니까? 인간의 심성에는 다행스럽게도 죄
에 대한 도덕적 제동장치인 양심이 자리 잡고 있습니다.

양심은 인간이 갖는 최고의 빛이며 최고의 권위입니다.
인간이 인간답게 산다는 것은 양심의 명령대로 생각하고 행
동하는 것입니다. 아무도 간음한 여인을 정죄하지 못한 것
은 스스로 양심의 명령에 따랐기 때문입니다.

메난드로스는 '양심은 우리 내면에 있는 신의 음성' 이라
고 했습니다. 그래서 양심에는 누구도 도발할 수 없는 권위
와 거부하지 못하는 힘이 있습니다. 그러므로 우리는 항상
양심의 소리에 귀 기울이고 두려운 마음으로 그 명령을 따
라야 합니다.

■ 죄란 무엇입니까? 국어사전에는 '양심이나 도리에 벗어난 행위'라고 적혀 있습니다. 이렇듯 죄란 사회적 · 도덕적으로 용납이 되지 않는 행위나 생각을 말하는 것입니다. 물론 법률상의 의미는 '법률을 위반하는 행위'를 죄라고 규정합니다. 그러니 법을 위반하지 않는 한 죄를 짓지 않는다고 규정할 수 있습니다.

그러나 우리가 몸담고 있는 이 사회는 무미건조한 기계의 사회가 아니기에 법의 정신 이전에 진정 인간이 지켜야 할 양심과 이성이 세상을 아름답고 풍요롭게 만드는 것은 당연한 것입니다. 나를 먼저 생각하는 마음이 죄를 만듭니다. 양심과 이성은 더불어 살만한 가치 있는 세상을 만듭니다.

지혜로운 자의 죽음

옛날 대만에는 무서운 악습이 전해져 오고 있었습니다. 3년마다 한 차례씩 사람의 머리를 베어다 제사를 바치는 것이었습니다. 어느덧, 제사를 드리는 해가 돌아왔습니다. 그고을에 백성의 존경을 받으며 덕망이 높고 훌륭한 지도자였던 오봉(吳鳳)이란 사람은 이 악습을 없애려고 사람들을 설득했지만, 오랜 인습을 고치기란 쉬운 일이 아니었습니다. 그러자 오봉은 사람들에게 다음과 같은 제안을 했습니다.

"이 무서운 악습은 반드시 없어져야만 하오. 많은 선각자들이 이 악습을 고치기 위해 얼마나 애를 썼소? 정녕 이 악습을 버리지 못하겠다면 올해만은 내 말을 따라 주시오. 내가 정하는 사람의 머리를 바치기로 말이오."

이렇게 제안하자 아무도 반대하는 사람은 없었습니다.

"그러면 여러분은 다른 사람의 머리를 베지 말고 내일 저녁무렵, 이 마을 어귀의 숲을 지나가는 흰 옷을 입은 사람의 목을 베어 제사를 드리도록 하시오."

그 다음 날, 사람들은 오봉의 말대로 어둑어둑한 저녁에 흰 옷을 입은 사람이 마을 어귀의 숲을 지나는 것을 보았습니다. 그들은 숲 속에 숨어 있다가 갑자기 뛰쳐나가 그 사람의 목을 잘랐습니다. 그런데 제단의 불 앞으로 가져온 사람의 머리를 본 사람들은 놀라지 않을 수 없었습니다. 곧 사람들의 울부짖음이 하늘과 땅을 가득 메웠습니다. 그 잘린 머리는 바로 그들이 존경하는 지도자였던 오봉의 것이었기 때문입니다. 결국 이로 인해 사람들은 무서운 악습의 굴레를 벗을 수 있었습니다.

■ 목숨을 귀한 것입니다. 우리의 목숨은 하나밖에 없습니다. 그 하나뿐인 목숨을 타인을 위해 바친다는 것은 절대 쉬운 일이 아닙니다. 그래서 공자는 살신성인의 정신을 인간 최고의 덕으로 예찬했습니다.

맹자 또한 목숨을 버리더라도 의를 좇으라는 사생취의(捨生取義)의 정신을 역설했습니다. 살신성인과 사생취의의 정신은 모두 인간이 행할 수 있는 최고의 경지이자 위대한 희생정신입니다.

명예로운 약속

오래 전, 로마와 카르타고는 수백 년 동안 싸웠습니다. 이 것이 고대사에 등장하는 유명한 포에니 전쟁입니다. 로마인 은 용감했고 카르타고인들 또한 그에 뒤지지 않았습니다. 밀고 밀리는 팽팽한 전투가 이어지던 가운데 로마의 레규러 스 장군이 카르타고군의 포로가 되었습니다. 카르타고군은 당시의 전세가 불리해지자 수뇌들이 모여 회의를 한 끝에 로마의 장군 레규러스를 처형하는 것보다 휴전의 빌미로 이 용하고자 결정했습니다. 그래서 감옥에 있는 레규러스를 찾 아가 이렇게 말했습니다.

"장군, 우리는 로마와 휴전하고자 하오. 그대를 석방할 테
니 로마에 가서 휴전을 주선해 주시오. 하지만 조건을 달
겠소. 만약 장군의 휴전 주선에도 불구하고 로마가 이에
응하지 않으면 다시 이 감옥으로 돌아온다고 약속해 주시
오."

레규러스는 선뜻 이에 응할 수가 없었습니다. 살기 위해 로마로 갈 것인가? 아니면 카르타고인의 요구를 거부하고 명예롭게 죽음을 택할 것인가를 놓고 한 인간과 로마 장군으로서의 명예 사이에서 심한 갈등을 겪어야만 했습니다. 며칠을 고민한 끝에 그는 결국 카르타고인의 요구를 받아들이기로 결심했습니다.

"좋소. 로마로 가서 당신들의 뜻을 전하겠소. 그리고 휴전 제의가 받아들여지지 않으면 반드시 이 자리로 다시 돌아오겠소."

그는 카르타고를 떠나 로마로 갔습니다. 그는 로마로 돌아가 원로원과 백성의 열렬한 환영을 받았습니다. 레규러스는 카르타고인의 휴전제의를 위해 돌아왔지만, 그 제의를 받아들이지 않아도 카르타고는 혼란으로 인해 곧 자멸할 것이므로 휴전에 응하지 말라고 전했습니다. 그리고 자신이 알고 있는 카르타고의 실정과 군사 정보를 전한 후 카르타고의 감옥으로 돌아가겠노라 말했습니다.

"내가 만일 돌아가지 않는다면 로마인은 거짓말장이라고 비웃을 것입니다. 이것은 나 하나 죽고 사는 문제가 아니라 로마인의 명예와 신용에 관계된 일입니다. 비록 적군과의 약속이라도 약속은 지켜야 합니다."

그는 이렇게 말하고 만류하는 부모와 친구를 뿌리치고 죽음이 기다리는 카르타고의 감옥으로 돌아갔습니다.

우리는 목숨을 걸고 약속을 지킨 로마 장군의 용기와 의연한 태도에 고개를 숙이지 않을 수 없습니다. 그는 로마 군인의 명예와 신의를 죽음으로 지킨 것입니다. 약속이란 이렇듯 엄숙하고 진지한 것입니다.

■ 철학자 니체는 '인간은 약속을 할 수 있는 동물이다' 라는 의미심장한 말을 했습니다. 이간이기에 약속을 하고 지킬 수 있다는 뜻입니다. 약속을 한다는 것은 스스로의 말에 책임을 진다는 것입니다. 책임을 진다는 것은 신용을 지킨다는 것이며 거짓말을 하지 않겠다는 것입니다. 이렇듯 약속은 명예와 신의를 지킴으로써 스스로 동물이 아닌 인간임을 증명하는 것입니다.

6. 지혜로운 삶

독서는 삶의 나침반

『베니스의 상인』, 『햄릿』 등 불후의 명작을 남긴 영국의 셰익스피어는 중학교 1학년 중퇴의 학력밖에 없었습니다. 그러나 그는 소년시절 수많은 책을 읽었습니다. 그의 전기에 의하면 그 시절에 읽은 책의 제목만 적어도 한 권의 책을 만들 정도라고 했으니 어느 날 갑자기 위대한 문학가가 된 것이 아니란 것을 엿볼 수 있습니다.

그는 집이 가난하여 소년시절 고향을 떠나 런던 거리에서 일자리를 얻기 위해 서성이다 어느 마차에 치어 쓰러졌습니다. 그를 친 마차의 주인은 극장의 주인이었는데, 마차에 친 인연으로 그는 극장의 잡역부로 들어가 배우가 되고 마침내 희곡작가가 되었습니다.

그가 나중에 희곡작가로 성공할 수 있었던 것은 소년시절 읽었던 책을 바탕으로 해서 위대한 걸작들이 나온 것임을 쉽게 유추할 수 있습니다.

미국의 마크 트웨인은 '미국 문학의 링컨'이라고 불릴 만큼 대단한 문학가입니다. 그는 미주리 주의 어느 인쇄공장의 직공에서 시작하여 마침내 세계적인 명성을 떨치는 문학가로 성장한 사람입니다. 그는 어려서 아버지를 잃고 열네 살 때 인쇄소의 직공으로 취직했습니다.

어느 날 골목길에서 한 장의 종이쪽지를 읽었습니다. 그 종이는 프랑스의 영웅 잔다르크 전기의 한 페이지였습니다. 그는 거기에서 애국심에 불타는 오를레앙의 처녀가 붙잡혀 루앙 성에 감금되는 대목을 읽었습니다. 이 한 장의 쪽지에 쓰인 이야기에 감동하여 그는 잔다르크에 대한 책은 무엇이든 닥치는 대로 읽었습니다. 그리고 어느새 문학에 눈을 뜨게 되어 결국 작가의 길을 시작했습니다.

이렇듯 소년시절에 감격스럽게 읽은 책 한 권이 사람의 운명을 바꾸기도 합니다. 책 속에는 사람을 움직이는 위대한 힘이 있습니다. 좋은 책은 한 사람의 운명을 바꾸고 사회 개혁과 발전의 원동력으로 작용하며 인류의 역사를 바꾸는 계기가 되기도 합니다.

■ 책처럼 위대하고 값진 물건이 또 있을까요? 한 권의 책이 사람의 운명을 바꿀 수 있습니다. 인간의 전 생애를 볼 때, 가장 감수성이 왕성한 10대 후반에 어떤 책을 읽고, 어떤 감명과 영향을 받느냐에 따라 그 사람의 전 생애에 걸친 삶의 가치와 운명이 결정될 수 있습니다. 그러므로 이 시기에는 좋은 책을 많이 읽어야 합니다.

특히 우리의 정신을 눈뜨게 하는 책, 삶에 자극과 변화를 주는 책, 용기와 희망을 주는 책, 삶의 지혜와 교훈을 주는 책들을 많이 읽어야 합니다. 그래서 그 책을 통해 감동할 때 사람은 큰 안목과 배포로 위대한 변화를 일으키는 것입니다.

만물은 나의 스승

러시아 출신의 첼리스트 피아티고르스키(1903-1976)가 데뷔할 때, 그의 앞에는 파블로 카잘스라는 거장인 첼리스트가 앉아 있었습니다. 피아티고르스키는 긴장한 나머지 자신이 무엇을 연주하는지도 모를 정도로 정신 없이 연주를 했습니다. 이렇게 경황이 없는 가운데 연주가 끝나자 카잘스는 예상과 달리 열렬한 박수를 그에게 보냈습니다. 피아티고르스키는 영문도 모르고 의아했습니다. 훗날 그 역시 일류 첼리스트가 되어 카잘스와 대면했을 때 넌지시 그에게 그때의 일을 물어 보았습니다.

"제가 막 데뷔할 때 선생님 앞이라 당황해서 연주하는 도중 큰 실수를 저지르고 말았습니다. 그런데도 선생님은 열렬한 박수를 보내셨는데 어떻게 된 일입니까?"

그러자 카잘스는 자기의 첼로를 가져와 그때의 곡을 정확히 켜면서 이렇게 대답했습니다.

"이 세 번째 음은 내가 오랫동안 고민하며 찾고 있던 음일세. 그때 자네가 그 음을 아주 훌륭하게 연주해 낸 것이네. 나는 자네 때문에 음 하나를 배운 것이지. 백 개의 음 가운데 아흔아홉 개의 음이 좋지 않더라고 하나의 음을 정확히 가르쳐 주는 사람이 있다면 그 사람은 바로 내 스승일세. 나는 내 스승에 대해 열렬히 박수를 보내는 것이 당연하다고 생각했을 뿐이네."

이 말을 들은 피아티고르스키는 크게 감동하여 일생 동안 이 말을 그의 인생훈으로 삼았다고 합니다. 카잘스의 무서운 학습열, 누구에게라도 배운다는 겸허한 자세는 우리 모두가 본받아야 마땅한 인생의 자세입니다.

'현명한 사람이란 어떤 사람인가? 모든 것에서 배우는 사람이다.'

유태의 경전에 나오는 명언입니다. 현명한 사람은 모든 사람과 모든 일에서 늘 배우고자 하는 사람입니다. 만물이 모두 나의 스승입니다. 박식한 사람만이 현인은 아닙니다. 늘 모든 것에서 배우고자 애쓰는 겸손한 정신의 소유자가 진정 슬기로운 사람입니다. 평생교육의 실천가였던 공자는 '세 사람이 함께 걸어가면 반드시 나의 스승이 있다' 고 말했습니다. 이런 겸허한 마음가짐이 그를 성인으로 이끌고 만인의 위대한 스승을 만든 것입니다.

■ 인생에서 가장 중요한 삶의 태도는 부단히 배우고자 하는 겸손한 마음입니다. 배우고자 하는 마음만 갖는다면 세상 모든 것이 스승입니다. 부단히 배우고자 하는 사람이 발전하고 무엇이든 배우려고 힘쓰는 사람이 유능하고 위대한 인물이 되는 것입니다.

미국의 사상가 에머슨은 '내가 만나는 모든 사람들에겐 반드시 나보다 뛰어난 점이 있다. 그것이 내가 그 사람들에게서 배워야 할 점이다'고 말했습니다. 이 세상 모든 사람은 반드시 한두 가지 뛰어난 지혜와 재주를 가지고 있기 마련입니다. 그 장점을 보고 인정하며 배우려는 겸손한 태도가 사람을 크게 위대하게 만듭니다.

인생을 낭비한 죄

영화 '빠삐용'은 앙리 샬리에르라는 실존인물의 체험을 바탕으로 만든 영화입니다. 영화에는 주인공이 감옥 안에서 꿈을 꾸는 장면이 나옵니다. 우리 식으로 표현하자면 염라대왕 앞에서 재판을 받는 장면입니다. 빠삐용이 자기는 사람을 죽인 일도 없고 사나이답게 떳떳하게 살았노라고 거세게 항변을 합니다만 판관은 한마디로 잘라 말합니다.

"너는 법을 어기지는 않았지만 '인생을 낭비한 죄'가 있다. 그러므로 너는 유죄다."

빠삐용이 '인생을 낭비한 죄'라는 말을 중얼거리며 사라지는 장면이 몹시 인상적으로 기억됩니다. 이 영화를 본 많은 사람들도 역시 그 장면을 이야기합니다. '인생을 낭비한 죄'라는 말이 모두의 가슴속에 강하게 각인되어 잊을 수가 없었던 모양입니다. 인생을 낭비한 죄란 틀림없이 현실의 법에는 없는 죄목입니다. 그러나 이 세상에서는 법을 위반하지 않는 한 죄가 적용되지 않지만, 저승의 판관으로 비유된 양심의 판관은 가차 없는 유죄를 선고합니다. 우리는 이 말의 깊은 뜻을 되새겨 볼 필요가 있습니다. 시간은 곧 생명이며 열정은 우리 삶의 원동력인데 그 귀중한 것을 우리는 매일 낭비하고 지내지는 않습니까?

삶을 낭비하지 않으려면 우선 우리에게 주어진 하루를 충실히 보내야 합니다. 그리고 그 하루에 의미와 보람을 갖고 살아야 합니다. 삶을 낭비하지 않는 또 하나의 비결은 뚜렷한 목표를 가지고 그 목표를 향해 몰두하는 것입니다. 목표를 가진 인생은 결코 흐트러짐이 없습니다.

> ■ 막대한 재산도 엉터리 관리자가 지니면 순식간에 탕진하지만, 적은 재산이라도 제대로 된 관리자가 지니고 있으면 오래도록 바닥나지 않을 뿐만 아니라 더 늘어나기도 합니다.
> 우리의 인생도 그렇습니다. 세월은 쏜살같이 지나갑니다. 마지막 시선이 닿은 곳의 풍경이 초라하고 후회 가득한 곳이 아닌 아름답고 풍요로운 곳이어야 할 것입니다.

마지막 5분

러시아의 소설가 도스토예프스키는 28세 때, 내란음모사건에 연루되어 사형선고를 받았습니다. 그는 몹시 추운 겨울날 사형집행소로 끌려가 기둥에 묶였습니다. 사형집행 시간까지는 5분 정도 시간이 있었습니다. 그는 28년의 세월을 살아왔지만 이처럼 5분의 시간이 천금 같이 여겨진 때는 없었습니다.

그는 남은 5분을 어떻게 쓸까 생각해 보았습니다. 같이 사형대로 끌려온 동료들과 인사하는 데 2분, 지금까지 살아온 삶을 정리하는 데 2분, 남은 1분은 오늘까지 살아온 대지를 기억하는 데 쓰기로 작정했습니다.

동료들과 인사를 하는 2분이 지나버렸습니다. 이제 자신의 삶을 정리하고자 하는데, 문득 3분 후에 닥칠 죽음을 생각하니 눈앞이 캄캄해졌습니다. 28년이란 세월 동안 시간을 아끼지 못하고 흘려버린 것이 너무나 후회가 되었습니다. 그는 깊은 뉘우침에 사로잡혔습니다. 그 순간 총알을 장전하는 '짤깍' 하는 소리가 들렸습니다.

바로 그때, 갑자기 사형장 안이 떠들썩하더니 한 병사가 흰 수건을 흔들려 달려왔습니다. 황제의 특별사면령을 가지고 온 것이었습니다. 가까스로 목숨을 건진 그는 징역형으로 감형되어 시베리아에서 유형생활을 하면서 인생의 의미에 대해 깊은 생각을 하게 되었습니다. 또한 그는 마지막 5분 동안 절실히 생각했던 시간을 금쪽 같이 소중하게 여기며 살았습니다.

그는 가난과 고통의 삶 속에서도 인생의 깊은 통찰을 하며『죄와 벌』, 『카라마조프의 형제들』과 같은 불후의 명작을 남겼습니다.

■ 시간을 가장 효율적으로 활용한 미국의 정치가이자 과학자인 벤저민 프랭클린은 시간에 대해 이런 명언을 남겼습니다. '만일 네가 인생을 사랑한다면 네 시간을 사랑하라. 왜냐하면 인생은 시간으로 구성되어 있기 때문이다'
그렇습니다. 생명은 곧 시간입니다. 시간을 낭비하는 것은 생명을 낭비하는 것입니다. 우리는 인생을 두 번 살지 못합니다. 그러니 한 순간도 헛되이 흘려보내서는 안 됩니다.

우정을 위한 선택

독일의 초대 재상이었던 비스마르크는 젊은 시절, 사냥을 무척 좋아했습니다. 어느 날, 친구와 사냥을 함께 나갔는데 산길을 오르내리면서 짐승을 쫓아 정신없이 숲을 헤치고 다니던 중 친구가 실수를 하여 그만 수렁에 빠지고 말았습니다.

친구는 빠져 나오려고 허우적거렸지만, 그럴수록 점점 더 수렁으로 빠져 들어가는 것이었습니다. 친구가 빠진 곳은 총대도 닿지 않아 비스마르크는 발을 동동 구르지 않을 수 없었습니다. 이제 친구는 목까지 빠지고 있었습니다.

"여보게, 어서 나 좀 살려주게."

그러나 비스마르크는 어찌할 도리가 없었습니다. 친구는 비스마르크에게 다급하게 말했습니다.

"무얼 하는가? 어서 건져주지 않고……."

원망스런 눈초리로 쳐다보며 애원하는 친구를 구하고는

싶었지만 마땅한 방도가 떠오르지 않았습니다. 그는 잠시 생각에 잠기더니 갑자기 손에 쥐고 있던 총을 들어 그 친구를 겨냥했습니다.

"아니, 자네 무슨 짓인가? 날 죽일 작정인가?"

"자네를 구하려고 손을 내밀었다가는 나까지 빠져 죽고 말 것일세. 그러니 손을 내밀 수도 없고 그렇다고 그대로 두었다간 오랜 고통을 받으며 죽을 자네를 그냥 내버려 둘 수도 없으니 친구로서 자네의 고통을 조금이라도 덜어주려는 날 이해하게. 죽어서라도 내 우정을 잊지 말게나."

하면서 비스마르크는 실탄을 넣어 방아쇠를 당기려 했습니다. 믿었던 친구의 갑작스런 행동에 놀란 그는 총구를 피하려고 있는 힘을 다해 허우적거리며 살려고 발버둥쳤습니다. 그 바람에 늪 가로 조금씩 움직이며 마침내 수렁에서 빠져 나오게 되었습니다. 그제야 비스마르크는 친구에게 다가가 친구를 끌어 당기며 이렇게 말했습니다.

"오해하지 말게. 내가 아까 겨눈 것은 자네 머리가 아니라 자네의 살려는 의지였네."

■ 평생 동안 서로 아끼고 도와주며 돈독한 우정으로 살 수 있는 참된 친구가 있다면 그것만큼 값진 재산은 없을 것입니다. 그럼 참된 친구는 어떤 사람일까요? 서로 믿고 의지할 수 있고 흉금을 털어놓고 이야기하며 끝까지 함께 할 수 있는 사람이 참된 친구일 것입니다. 그러므로 친구를 사귐에 있어서는 친구를 위해 손해와 고통도 함께 나눈다는 자세가 필요합니다.

그러나 무엇보다 뜻이 맞아 같은 목표를 향해 서로 일깨우며 자극을 주고 격려하면서 열심히 서로의 발전을 도모하는 친구라면 더 없이 좋은 친구가 될 것입니다. 그럴 때 서로 협력하여 크고 높은 가치를 지향함으로써 이상적이고 멋진 우정이 탄생하는 것입니다.

일하는 사람과 책임지는 사람

일본에 다나카라는 수상이 있었습니다. 그는 매우 유능한 정치가였습니다. 그가 대장성(재정)장관에 취임했을 때 세간에서는 꽤나 말이 많았습니다. 대장성이라면 일본의 명문대학을 나온 수재들이 모여 있는 엘리트 집단의 결정체와 같은 곳인데 초등학교밖에 나오지 못한 사람이 그것도 경제에 문외한이 장관으로 임명되었으니 대장성 직원들은 노골적으로 불만을 나타냈으며, 관련 직원뿐 아니라 관련 인사들의 입에서 우려의 목소리가 나오는 것도 무리는 아니었습니다.

그런데 다나카는 말 한마디로 그 모든 우려와 불만을 일소했습니다. 1분도 채 걸리지 않은 취임사에서 이렇게 말했습니다.

"여러분은 천하가 알아주는 수재들이고 나는 초등학교 밖에 못 나온 사람입니다. 더구나 대장성의 일에 대해서는

깜깜합니다. 그러니 일은 여러분이 하십시오. 책임은 내가

지겠습니다."

이 말 한 마디로 다나카는 부하 직원의 마음을 휘어잡을

수 있었습니다. 이에 힘을 입은 대장성은 일이 잘 되어 나갔

음은 말할 나위 없습니다. 다나카의 장담이 아니더라도 사

실 일본의 장관들은 정책만 관장할 뿐 인사나 행정에 거의

관여하지 않습니다. 문자 그대로 책임만 지는 것입니다. 그

것은 오랜 일본 정부의 전통으로 본받을 만한 것입니다.

책임은 내가 맡아서 해야 할 일이고 내가 맡은 임무입니

다. 산다는 것은 일하는 것입니다. 일하는 것은 자기에게 맡

겨진 임무를 수행하는 것입니다. 아무 할 일도 없는 사람은

책임도 없는 사람입니다. 사회적 관점에서 무책임한 사람은

존재의 구실이 없습니다.

맡은 일을 중요하게 생각하고 성실하게 책임을 수행하는

것처럼 훌륭한 일도 없습니다. 맡은 일에 책임을 지겠다는

각오가 없는 사람이라면 그저 윗사람의 눈치나 보며 비위나

맞추려는 무사안일한 기회주의자일 뿐입니다.

독일의 문학가 괴테는 이렇게 말했습니다.

"각자 스스로의 문 앞을 쓸어라. 그러면 거리의 모든 구석

이 깨끗해진다. 각자의 책임을 다 하라. 그러면 사회는 밝아질 것이다." 이것은 각자가 당연히 해야 할 작은 일부터 책임을 지고 성실히 수행하면 사회적 선(善)의 목표가 달성된다는 것을 의미합니다.

사람은 어느 사회에 속해 있든 자기가 맡아 해야 할 역할이 있습니다. 우리는 모두 그 역할을 할 책임이 있습니다. 강한 책임감으로 사회적 임무를 완수할 때 자신은 물론 사회와 국가가 발전하는 것입니다.

> ■ 인간은 스스로의 행동과 결과에 책임을 질 줄 아는 존재가 되어야 합니다. 자기가 맡은 책임을 어떻게 감당해 나가느냐에 따라 그 사람의 능력과 인물을 평가하게 됩니다. 즉 책임감은 인격의 중요한 척도라고 할 수 있습니다. 책임감이 클수록 그는 훌륭한 인격자이며 이러한 사람이 우리 모두가 필요로 하는 사회구성원입니다.

융통성의 함정

영조 때, 어느 날 왕을 호위하여 성균관에 행차 중이던 훈련대장의 말이 무엇에 놀라 갑자기 날뛰는 바람에 그만 하마비(下馬碑) 옆을 그냥 통과한 일이 생겼습니다. 하마비란 성현의 신위를 받드는 의미에서 지위고하를 가리지 않고 그 앞에 다다르면 반드시 말에서 내려 경건한 마음으로 걸어가도록 되어 있는 비석입니다. 당시 성균관 책임자였던 서유망(徐有望)은 크게 노하여 훈련대장을 붙들어다 하인들의 방에 가두었습니다.

그런데 왕이 다시 궁으로 돌아가고자 하는데 그 행차를 호위할 훈련대장이 없으니 난감한 일이 벌어진 것입니다.

왕은 도승지를 서유망에게 보내 훈련대장의 죄는 나중에 묻도록 하고 우선 석방시키라 명하였습니다. 그러나 강직하고 준법정신이 강했던 서유망은 정색을 하고 왕명을 거절하였습니다.

"비록 어명이라 할지라도 죄 지은 자를 놓아 보낸다는 것은 법도에 어긋나는 일이니 그리 할 수가 없습니다."

다급해진 왕은 서유망의 당숙이며 당시 좌의정이었던 서수매를 보내 재차 부탁했습니다. 그러나 서유망은 아랫사람을 시켜 당장 종이와 붓을 가져오게 하더니 사직서를 쓰는 것이었습니다.

"소신이 법을 어길 수도 없고, 그렇다고 어명을 거역할 수도 없으니 차라리 이 자리에서 관직을 내어 놓겠습니다."

이 말을 들은 영조는 크게 깨달은 바가 있어 호위대장이 없이 궁으로 돌아왔습니다. 그리고 어명을 받들지 않은 서유망을 책망하지 않고 오히려 그 강직한 소신과 철저한 준법정신을 높이 사, 그의 관직을 한 등급 높여 주었습니다. 과연 그 신하에 그 임금이라 할 만한 일입니다.

원칙만 고집하고 도무지 융통성이 없는 사람 같지만, 이런 사람들의 철저한 준법정신으로 사회는 건전하게 유지되는 것입니다. 원칙이라는 것은 원래 융통성이 없습니다. 융통성을 발휘하다 보면 예외가 생기고 예외가 생기면 원칙이 무너지는 것입니다.

이 원칙이 무너지면 어느 사회나 이내 무질서한 사회로

변합니다. 그렇기에 이처럼 원칙을 지키고 사명감에 투철한 사람들이야말로 사회를 밝게 빛내는 가로등이자 이정표인 것입니다.

법은 사회의 공동약속입니다. 서로의 안녕과 질서를 위해 꼭 지켜야 하는 기본입니다. 그러므로 한 사회가 바람직한 사회, 부강하고 번영된 사회, 안심하고 살아갈 수 있는 사회의 질서를 이룩하려면 기본이 되는 원칙을 꼭 지키는 태도가 중요한 것입니다.

■ 법이란 지키기 위해 만든 것이며 그것을 준수할 때 존재 가치가 있는 것입니다. 법이 지켜지지 않는다면 무질서의 혼란과 이기적인 욕심만 난무하여 전염병처럼 사회악이 만연하게 됩니다.

'나 하나쯤은 괜찮겠지' 라는 생각이 누구에게나 퍼지게 되면, 결국 자신에게 피해가 고스란히 되돌아오게 됩니다. 원칙을 지키고 서로 약간씩 희생한다면 여럿이 노를 젓는 배처럼 앞을 향해 도약할 수 있는 기틀이 완성되는 것입니다.

유태인의 육아법

....

어느 한국인 학자가 유태인 가정의 초청을 받아 그 집을
방문했을 때의 일입니다. 마침 아버지가 갓난아기에게 서는
법을 가르치고 있었는데 아기가 발에 힘을 주고 버티려는
기색이 보이면 아버지는 잡고 있던 손을 놓았습니다. 이제
막 서는 법을 배우는 아기는 서는 요령도 모르고 다리에 힘
도 없는 탓에 아버지가 손을 놓기 무섭게 기우뚱거리며 쓰
러졌습니다.

그 순간 한국의 학자는 무심결에 아기의 아버지보다 먼
저 손을 뻗어 쓰러지는 아기를 붙잡았습니다. 그런데 아기
의 아버지는 결코 쓰러지는 아기를 붙잡으려는 생각을 하지
않는 것이었습니다. 더구나 아기의 아버지는 그의 행동을
보고 이렇게 말했습니다.

"한국에서는 아이를 다 그렇게 가르칩니까?"

"무엇을 말하는 것이지요?"

그는 자기의 행동이 매우 당연한 것이므로 아무런 거리 낌 없이 느끼고 있었는데 아이의 아버지는 진지하게 아이를 붙든 이유를 묻고 있었습니다.

"그거야 부모 입장이라면 당연한 것이 아닙니까? 만약 아이가 넘어져 다치기라도 하면 어쩌려고요."

"물론 아기를 보호하려는 그 생각도 일리가 있지만 우리는 아이가 넘어져도 잡아주지 않습니다. 아이의 장래를 위해 아주 어릴 때부터 자립심을 길러 주어야 한다는 생각입니다. 이 세상은 네 스스로 헤쳐 나가야 하는 것이란 걸 가르치는 것이지요."

아이의 아버지는 그렇게 이야기하는 와중에도 계속 아이에게 다시 서는 법을 가르치고 있었습니다. 아이는 계속 섰다가 넘어졌지만 이상하게도 울지 않았습니다. 물론 그들의 생각이 전적으로 옳은 것은 아니지만, 과잉보호가 판을 치는 우리로서는 한번쯤 곱씹어 생각하고 넘어가야 할 일이 아닐까요?

■ 바른 인격을 형성하기 위해서는 무엇보다 먼저 필요한 것이 자주성입니다. 우리나라 사람들은 대체로 의타심이 많다고들 합니다. 자신의 힘으로 문제를 해결하기보다는 다른 사람의 힘을 얻어 문제를 해결하는 경향을 보이기 때문입니다.

최근 들어 나이가 찼음에도 부모의 품에서 독립하지 못하고 의존하는 경향이 늘어가고 있습니다. 이들은 안정적인 부모의 뒷받침을 방패 삼아 취직을 하지도 않고 설령 취직을 하더라도 금방 그만두고 부모에게 의지하려 합니다. 몸은 커졌지만 아이의 사고방식으로 자라는 사회적 미성숙이 아닐 수 없습니다. 사회는 모두가 활발히 일할 때 생산성이 극대화됩니다. 그러나 이처럼 의존적인 사람들이 많아지면 전반적인 사회의 활기가 낮아지는 것은 당연한 일입니다.

심리학자들은 이 같은 의존적 성격의 원인을 어린이의 양육방법에서 찾으려 합니다. 의존적 성격은 타고나는 것이 아니라 교육되는 것입니다. 특히 성격이 형성되는 어린 시절에 어떤 교육을 받느냐에 따라 그 사람의 미래가 결정되는 것이므로 실로 중요한 문제가 아닐 수 없습니다.

인생의 챔피언

　미국의 권투선수 조 루이스(1914-1981)는 20세의 나이에 프로권투선수가 된 유명한 사람입니다. 그는 1937년부터 13년 동안 세계 헤비급 챔피언을 보유하고 있었을 만큼 프로 데뷔전부터 KO승을 거두며 승승장구하던 사람이었습니다. 그 동안 그는 61전 60승에 51KO승이란 경이적인 기록을 수립하며 '갈색폭격기'라는 별명을 얻을 정도로 무적의 신화를 이끌던 선수였습니다.

　그러나 그런 루이스도 전성기에 쓴잔을 마신 적이 있었습니다. 그 이유는 결과적으로 볼 때, 자신의 실력을 너무 과신한 나머지 자만에 빠져 연습을 게을리 한 결과였습니다. 그는 전 세계챔피언이었던 독일의 막스 슈멜링과 대결하게 되었습니다. 그는 강력한 도전자를 만났으나 여느 때처럼 이렇게 큰소리를 쳤습니다.

　"이제 슈멜링은 링에서 떠나게 될 것이다."

두 사람이 링에 올라 대결을 벌이던 그날의 결과는 루이스의 12회 KO패였습니다. 시합이 끝나고 휴게실에서 그는 난생 처음 맛본 패배에 넋을 잃고 있었습니다. 그리고 조금씩 고전을 면치 못하던 시합을 기억해 내다가 매니저에게 이렇게 물었습니다.

"시합 도중에 슈멜링에게 반칙을 하진 않았나요?"

"유감스럽지만, 자네는 시합 중에 슈멜링의 벨트라인 아래를 두 번이나 쳤다네."

매니저가 이렇게 알려주자 루이스는 부끄러운 표정을 감추지 못하며 이렇게 탄식했습니다.

"오, 내가 그런 짓까지 했다니, 참 형편없는 사람 아닌가!"

그 후로 루이스는 깊이 반성하여 자만에 빠지는 어리석음을 되풀이하지 않도록 부단히 노력했습니다. 1년 후 슈멜링과의 재대결에서 1회 KO승으로 간단히 설욕했지만 자만 때문에 패배한 단 한번의 쓰라린 경험은 평생 잊지 않았다고 합니다.

그의 깊은 뉘우침에 따른 각성이 그를 새로운 인생으로 탈바꿈하게 했습니다. 그래서 진정한 자기성찰은 참되게 성장하는 길이 되는 것입니다.

■ 인간의 마음가짐에서 자기성찰은 중요한 전기를 마련해줍니다. 자기의 잘못을 깨닫고 다시는 그 잘못을 되풀이하지 않으려는 의지는 엄격한 자기통제의 표상이자 깊고 넓은 인격형성을 향한 기초입니다. 부단한 자기성찰은 각성과 자각을 가져오고 다시는 잘못을 저지르지 않겠다는 굳은 결심과 의욕을 일깨웁니다. 자기성찰은 곧 참되고 바르게 성장하고자 하는 길이며 자기의 뜻을 올곧게 성취해 나가는 길잡이이기도 합니다.

소크라테스는 '반성이 없는 생활은 살 가치가 없는 생활'이라고 말했습니다. 자기 수양에 있어 반성처럼 중요한 것은 없습니다. 반성은 인생을 올바르고 값지게 살아가는 삶의 나침반입니다.

의로운 심판

어느 사원 옆에 한 수도승이 살고 있었습니다. 그런데 그 수도승의 앞집에는 매춘부가 이웃하여 살고 있었습니다.

그 수도승은 어느 날 매춘부를 불러다 호되게 꾸짖었습니다. 그리고 그날부터 매춘부의 집에 남자가 들어갈 때마다 마당 한구석에 돌을 하나씩 던졌습니다. 날이 감에 따라 그 돌무더기는 점점 커져만 갔습니다. 어느 날 수도승은 그 돌무더기를 가리키며 매춘부에게 말했습니다.

"이 더러운 여인아! 이것이 보이지 않느냐? 이 돌 하나하나는 네가 상대한 사내들의 숫자다. 너는 이 돌무더기만큼이나 많은 죄를 지었는데도 그 음탕한 짓을 거두지 않겠다는 것이냐?"

이 여인은 가난한 집의 생계를 유지할 도리가 없어 하는 수 없이 매춘을 했지만, 늘 양심의 가책을 느끼고 있었습니다. 하지만 그 돌무더기를 보자, 자신이 상대한 남자가 너무 많은 것에 놀라 두려움에 빠져 신에게 기도했습니다.

"신이여, 이 죄 많은 여인을 불쌍히 여겨 이 더러운 육신을
거두시어 고뇌에 찬 생활에서 벗어나게 해주소서."

그 여인의 기도는 마침내 신에게 전달되고 그날 밤 죽음
의 사신이 그녀를 데려 갔습니다. 공교롭게도 수도승 또한
그날 밤 세상을 떠났습니다. 그런데 죽음의 사신은 매춘부
를 천국으로 인도하고 수도승은 지옥으로 인도하는 것이 아
니겠습니까? 깜짝 놀란 수도승이 억울해 하며 말했습니다.

"이것이 바로 의로우신 신의 심판인가? 나는 일생 동안 금
욕과 절제 속에서 살았다. 그러함에도 나는 지옥으로 끌려
가고 일생 동안 매춘을 일삼은 매춘부는 천국으로 인도하
다니 이렇게 불공평할 수도 있는가?"

이 말을 들은 사신은 말했습니다.

"신의 뜻은 언제나 공평하다. 너는 수도승이라는 자만과 명
예를 위해 계율을 지키며 살았을 뿐, 단 한번도 진정 마음
에서 우러나는 사랑을 베풀지 않았다. 이곳에서는 마음으
로 항상 신을 공경하며 정결하고자 애쓴 사람만이 천국으
로 향할 수 있다. 너는 비록 죄를 짓지 않았다고는 하지만
마음은 항상 그 여인의 음란을 꾸짖고 죄를 헤아리는 데

열중했기에 네게는 음란보다 더 큰 교만의 죄가 가득 차 있다. 진정 죄를 지은 자는 바로 너다. 이것이 어찌 의롭고 공평한 신의 처사가 아니란 말이냐?"

■ 교만한 사람은 건방지고 방자해서 자기 이외의 사람을 깔보고 무시하며 업신여깁니다. 그래서 사람이 교만하면 적을 만들고 화를 불러들여 스스로 무덤을 파는 결과에 이릅니다. 〈성경〉에서는 '교만하면 패망하고 거만하면 넘어진다', '미련한 자는 교만하여 입으로 매를 자청한다'고 경고하고 있습니다.

사색의 깊이

문장도덕으로 유명한 고청 서기(徐起, 1523-1591)는 머슴의 신분으로 글을 배워 학자가 된 사람입니다. 조선시대에 노비의 신분으로 학자가 된다거나 도덕조행으로 남의 존경을 받는 경지에 이른다는 것이 얼마나 어려운 일인가는 새삼 이야기하지 않아도 능히 짐작이 가는 상황입니다. 한마디로 엄격한 신분사회에서 그런 일은 불가능한 일이었습니다.

그런데 서기는 어릴 때부터 모시던 상전의 어깨 너머로 글을 익혔습니다. 고된 일을 하는 틈틈이 글을 하나라도 알게 되면 수십 번, 수백 번씩 되풀이 하면서 글자의 뜻을 사색하고 혼자 땅바닥에 써 보며 연습했습니다. 이러기를 여러 해, 머릿속에 담기는 글자는 늘고 글자 하나하나에 담긴 뜻도 마음속에 깊이 새겨졌습니다.

그의 상전은 심충겸(沈忠謙)이란 인물로 학자이자 어진

사람이었습니다. 자기 집의 종인 서기가 그렇게 열심히 학문을 이루어 나가는 것을 보고 가상히 여겨 그에게 공부를 할 수 있는 기회를 주고 나아가 훗날 노비의 신분에서 해방을 시켜 주었습니다. 또한 서기를 부를 때에도 꼭 처사(處士)라고 했습니다. 그래서 당시 사람들은 '종도 가상하지만, 상전도 어질다'고 했습니다.

자유의 몸이 된 고청 서기는 당대의 손꼽히는 학자들인 화담 서경덕, 토정 이지함 같은 석학들에게 가르침을 받았는데, 이들 모두가 실학을 존중하는 대학자들이었습니다. 그는 이에 영향을 받아 민속과 실용적 학문에 몰두했으며 후학 양성에 힘써 많은 업적을 이루었습니다.

그의 공부하는 방법은, 배우고 나면 사색하고 사색하여 학문을 이루면 반드시 실천하는 것이었습니다. 그는 독학으로 공부를 했으니 배우면 늘 깊이 사색함으로써 그 뜻을 완전히 자기의 것으로 만들었으며 그렇게 익힌 뜻을 생활에 적용하도록 애쓴 것입니다.

■ 배움이란 참다운 삶의 방법을 찾아가는 길입니다. 또한 배운다는 것은 스스로 지혜를 깨우치고 새로운 것을 창조하는 밑거름이 됩니다. 그러니 배우고 난 후에는 사색하여 자신의 것으로 소화시켜 몸을 구성하는 뼈와 살이 되도록 힘써야 합니다. 공자는 '배우고 사색하지 않으면 어둡고, 사색하고 배우지 않으면 위태롭다'로 했습니다.

교육의 힘

....

기원 후 70년 경 예루살렘의 성이 로마군의 침공에 의해
포위되어 함락이 목전에 와 있을 때의 이야기입니다.

당시 예루살렘에서 지도적 위치에 있던 랍비 아끼바는
성의 함락이 머지않았다는 것을 직감하고 어떻게 해서든 로
마군의 사령관을 만나야겠다고 결심했습니다. 야음을 틈타
포위당한 성을 빠져나온 랍비는 천신만고 끝에 로마군의 사
령관 막사에 도착했습니다.

그는 꼭 한 가지 부탁이 있어 찾아왔다고 말했습니다. 로
마군의 사령관이었던 베스베잔은 랍비에게 그 청을 말해보
라고 했습니다. 그러자 랍비는 간곡하게 부탁했습니다.

"로마군이 예루살렘을 함락하면 무엇이든 마음대로 하겠지
만 성안에 있는 한 조그만 건물은 제발 파괴하지 말고 보
존토록 해 주십시오."

그 조그만 건물은 귀중한 궁궐도 아니고 사원도 아니었

습니다. 그것은 성안에 있는 단지 작고 유일한 학교였습니다. 로마군의 사령관은 랍비의 간절한 청에 감동을 했는지, 아니면 대수롭지 않게 생각했는지 쉽게 약속을 했습니다. 그러자 랍비는 성안으로 돌아와 이렇게 말했습니다.

"예루살렘은 망하더라도 유태인의 교육만은 어떤 일이 있어도 계속되어야 합니다."

이 이야기는 유태인들이 얼마나 교육을 중요하게 생각했는지를 잘 보여줍니다. 그들이 비록 나라를 빼앗기고 2천 년에 가까운 유랑생활을 했지만, 민족의 문화와 전통을 지키며 살 수 있었던 것은 바로 교육의 힘 때문이었습니다.

유태인의 교육열은 그들의 모든 생활규범이 그러하듯 종교와 밀접한 관련이 있습니다. 자녀에 대한 교육은 신에 대한 의무라 생각하기 때문입니다. 그들은 『성서』를 배워 진정한 유태인이 되고 『탈무드』를 자녀에게 가르침으로써 그들의 정신을 계승했습니다. 이런 배움의 풍토를 생각하면 그들이 수많은 우수한 인재를 배출한 것이 우연이 아님을 알 수 있습니다. 유태인의 우수성은 바로 이 '교육의 힘'에서 나온 것입니다.

■ 유태인의 두뇌가 우수하다는 점에서 선천적인 요인을 찾기는 힘들다고 합니다. 그러나 그들 중에는 우수한 두뇌를 가진 사람이 많다는 것을 부인할 수는 없습니다. 역대 노벨상의 수상자를 보면 32%가 유태인의 혈통을 가졌다는 것을 보아 알 수 있습니다.

그러면 어떻게 우수한 두뇌가 배출되는 것일까요? 그것은 우연의 산물이 아니라 교육의 힘이라는 것을 그들 문헌을 살피면 잘 알 수 있습니다. 유태인은 무엇보다 교육을 중요하게 생각하고 유태인이라면 누구나 배움을 게을리하지 않았습니다. 배움은 곧 신에 대한 충성이자 신앙이라 생각하기 때문입니다.

늑대인간 가마라

1920년 인도의 캘커타 서남부 지역에 있는 정글에서 선교사로 와 있던 씽 목사 부부는 늑대에 의해 양육되었으리라 짐작되는 두 어린이가 발견되었습니다. 작은 어린이는 두 살 정도 되어 보였고, 큰 어린이는 일곱 살 정도로 보이는 여자아이였습니다.

두 어린이의 머리와 가슴과 어깨에는 털이 무성하게 자라 있었습니다. 그 아이들은 사람처럼 서서 걷지도 못하고 네 발로 기어 다녔으며 먹을 것을 주어도 손으로 집어 먹지 못하고 짐승처럼 입으로 핥아먹는 방법 밖에 몰랐습니다. 머리카락은 흉하게 자라 있었고 손바닥과 발바닥은 굳은살이 두텁게 자라 있었습니다.

그들은 무슨 소리가 나면 이를 드러내고 짖었는데 그 소리는 흡사 늑대의 울음소리와 같았습니다. 외형상 틀림없는 인간이었으나 아무리 보아도 인간다운 점은 발견하기가 힘들었습니다.

씽 목사 부부는 이 늑대 어린이들을 인간세계로 되돌아오도록 정성을 다해 노력했지만, 결국 인간으로 돌아오지 못하고 발견된 지 9년 만에 큰 어린이 '가마라'는 병으로 세상을 떠났습니다.

이 이야기는 인간에게 있어 어릴 때의 환경이 주는 영향이 얼마나 중요한 것인지를 잘 보여 주고 있습니다. 또 인간에게 좋지 못한 환경이 주어지면 인간답게 성장하지 못한다는 것을 입증해 주고 있습니다. 다시 말하면 인간이 인간답게 성장하려면 문화적 환경이 필수적이란 의미이기도 합니다. 인간의 능력이나 인간다운 성격은 어린시절에 형성된다는 사실을 우리는 이 이야기를 통해 알 수 있습니다.

인간의 능력이나 인간다운 성격은 어린시절에 형성된다는 사실을 우리는 이 이야기에서 알게 됩니다. 야생인간을 인간세계로 되돌리지 못하였다는 것은 어린시절에 인간이 되는 교육을 받지 못하면 그 회복이 불가능하다는 것을 의미합니다. 인간의 성장과 발달에 절대적인 영향을 미치는 것은 환경이며 의식과 그릇된 습성을 개조하는 데에도 환경만큼 중요한 것이 없습니다. 맹자의 어머니가 세 번의 이사

를 통해 아들을 가르쳤다(孟母三遷之敎)는 고사도 환경의
중요성을 일깨우는 예입니다.

■ 인간은 환경의 산물입니다. 환경의 힘은 참으로 크고 무
섭습니다. 어떤 환경에서 자라느냐에 따라 사람의 모습은
완전히 달라질 수 있습니다. 인간은 지금과는 전혀 다른 환
경에서 어릴 때부터 성장하게 되면 정신적으로나 육체적
으로 전혀 다른 개체가 되어버립니다.
갓난아기가 생후 1년 만에 두 발로 걷는다는 것은 지극히
당연한 이야기처럼 들리지만 반드시 그런 것은 아닙니다.
성장환경에 따라 네 발로 걷게 되기도 하는 것입니다. 인간
이 교육 없는 비문화적인 환경에서 자랄 때는 이처럼 동물
과 다름없는 인간 아닌 인간으로 성장하게 된다는 것을, 우
리는 이 유명한 야생인간 '가마라'의 슬픈 인생에서 찾아
볼 수 있습니다.

아낄수록 엄하게

조선조의 명재상인 황희 정승은 매우 너그러운 사람이었습니다. 그런데 유독 김종서한테만은 엄격하기 이를 데 없었습니다. 사소한 잘못이라도 저지르면 면전에서 면박과 함께 호통을 쳤습니다. 하루는 김종서가 회의를 하는 도중 피곤함을 참지 못하고 의자에 비스듬히 앉아 있는 것을 보고 황희는 하인을 불러 이런 면박을 주었습니다.

"저 병판 대감의 의자 다리가 하나 짧은 듯하니, 나무토막으로 당장 괴어 드려라."

김종서가 깜짝 놀라 자세를 바로 잡은 것은 물론입니다. 또 어느 날은 대신회의가 밤늦도록 진행되어 김종서가 약간의 다과를 준비하자 황희는 이렇게 핀잔을 주었습니다.

"대감이 이제는 아부까지 하는가?"

황희의 김종서에 대한 인물 만들기는 이토록 가혹할 정도로 집요했습니다. 황희는 인품이 어질고 온화하여 누구에게나 온화한 사람이지만, 유독 김종서에게만은 가혹하게 대하자 사람들은 너무 지나친 처사라고 하며 일부는 김종서의 기를 꺾으려 일부러 허물을 만들어 트집을 잡으려 하는 것이라고 생각하는 사람도 있었습니다.

정작 김종서 자신도 자기에게만 그렇게 대하는 황희에 대해 원망을 하게 되었습니다. 보다 못한 맹사성이 황희에게 너무하는 것이 아닌가 하여 조용히 물었습니다.

"어찌하여 김종서에게만 그토록 야단을 치십니까?"

"그것은 그를 구슬처럼 귀하게 쓰기 위함입니다. 그 사람은 장차 나라를 위해 크게 쓰일 인물입니다. 그러나 성품이 너무 강직하고 기개가 날카로워 스스로 신중하지 않으면 일을 그르칠 우려가 있습니다. 그래서 지금 기를 꺾어 경솔히 행동하지 않도록 깨우치려는 것이지 그가 미워서 그러는 것은 아닙니다."

아닌게 아니라 황희는 자신이 늙어 벼슬을 그만 두고 물러날 때 김종서를 천거하여 높이 쓰도록 임금에게 천거했습니다. 그리고 그에게 나랏일을 간곡히 당부하니 김종서는 그제야 그의 깊은 뜻을 헤아리고 감격했습니다.

아마 꾸중을 들어 기분 좋은 사람은 아무도 없을 것입니다. 대부분의 사람들이 꾸중을 들으면 울컥하여 불쾌한 마음이 되어 적대감을 품거나 앙심을 품을 수도 있습니다. 더구나 벼슬자리에 올라 있는 자신에게 꾸지람을 한다면 웬만한 사람은 감당하기 힘들었을 것입니다. 그러나 김종서 또한 큰 그릇이었기에 내색하지 않고 인격도야에 힘써 마침내 큰 자리에 이르니 그 또한 큰 사람이라 할 수 있겠습니다.

■ '귀한 자식 매 한 대 더 때리고, 미운 자식 떡 하나 더 준다'는 속담이 있습니다. 사람을 올바르게 키우려면 당장은 쓰고 맵더라도 귀하면 귀할수록 옳은 버릇을 기그도록 철저하게 가르쳐야 한다는 뜻입니다. 잘못한 일에 대해 꾸짖어 고치게 하는 것은 사람을 크고 올바르게 키우는 필수적인 방법입니다.

그릇된 지혜

효종 때, 임금의 친척 중에 덕원령이라는 사람이 있었습니다. 그는 바둑을 잘 두어 국수(國手)로 이름난 사람이었습니다. 그런 그에게 한번은 시골에서 향군상번(鄕軍上番)으로 올라온 자가 찾아와 대국을 청했습니다. 덕원령은 워낙 바둑을 좋아하는 데다가 마침 심심하던 차에 쾌히 승낙하고 그 시골의 군사를 방안으로 들였습니다. 바둑을 시작하였을 때 시골 군사가 말했습니다.

"대국에 내기가 빠질 수야 있겠습니까?"

"그래 무엇을 걸고 싶은가?"

"나리께서 지시면 소인에게 양식을 대어 주시고 소인이 지면 저 마당에 매어둔 말을 드리도록 하겠습니다."

"그렇게 하도록 하세."

덕원령이 허락을 하고 바둑을 두는데 시골 군사가 내리 두 판을 지고 말았습니다.

"소인이 졌으니 제 말을 드리도록 하겠습니다."

"아닐세, 장난으로 한 것을 가지고 뭘 그러는가?"

덕원령은 웃으며 거절했지만, 그는 막무가내였습니다.

"소인이 보잘것없는 시골의 무지렁이라고 얕보시는 겁니까? 내기는 내기입니다."

성을 내며 대드는지라 덕원령은 하는 수 없이 말을 받을 수밖에 없었습니다. 여러 달이 지난 후에 그 시골 군사가 다시 찾아와 바둑 한 판을 두어 달라고 거듭 간청을 했습니다. 덕원령도 거절할 수가 없었습니다. 그런데 이번엔 덕원령이 형편없이 지고 말았습니다. 그새 수가 늘었다고 보기엔 너무 고수의 실력이었습니다.

"이 사람아, 자네는 내 적수가 아닐세."

덕원령은 전에 받았던 말을 돌려주며 물었습니다.

"지난 번 대국에서는 왜 그리 졌는가?"

"소인이 말을 극진히 아끼는데 번을 들게 되면 군영에선 먹일 것도 변변찮고 하여 말이 야윌 것을 걱정하여 나리께 맡겨 둘까 생각한 끝에 그리 한 것입니다. 달리 의탁할 곳도 없고 하여 잔재주로 나리를 속인 것입니다. 황공하기 짝이 없습니다."

"참으로 간교한 자로다."

덕원령은 화가 났지만 참을 수밖에 없었습니다.

> ■ 사람이 바르게 살고 행복하게 살려면 지혜가 필요합니다. 지혜는 사리를 분별하여 무엇이 옳고 그른지, 무엇이 중요하고 덜 중요한지를 슬기롭게 판단하는 능력입니다. 그러나 착하지 못하면서 지혜만 있다면 한갓 권모술수에 밝은 사람이 되기 쉽습니다.
>
> 선한 의도가 잔꾀나 권모술수를 우리는 간사한 지혜라고 합니다. 일순간 재치를 발휘하여 위기를 넘길 수는 있지만, 간사한 지혜는 결국 신뢰를 떨어뜨리고 인격을 허물어 버리는 독이기도 합니다.

만족의 미학

아프리카 한 부족은 원숭이를 잡을 때 주둥이가 자그마한 조롱박에 원숭이가 좋아하는 과일을 가득 넣어 둡니다. 해질녘이 되면 사람들은 그 조롱박을 나무에 단단히 매어 두고 집으로 향합니다. 그러면 밤이 되어 원숭이가 먹을 것을 찾다가 그 조롱박 안에 손을 집어넣습니다. 원숭이는 입구가 좁은 조롱박으로 손을 넣어 한 손 가득 먹을 것을 움켜잡습니다. 그리고 손을 빼려 하지만 먹을 것을 움켜쥔 손으로는 결코 그 좁은 조롱박의 주둥이에서 손이 빠져나오지 않습니다.

어느 덧 아침이 오고 원숭이는 끝내 먹을 것을 움켜 쥔 주먹을 놓지 않습니다. 결국 사람들이 다가와 이 미련한 원숭이를 잡아갑니다. 주먹에 든 먹을 것만 놓으면 목숨을 건질 수 있는데도 말입니다.

러시아의 민화에는 이런 얘기가 전해집니다.

어느 가난한 농부가 지주로부터 굉장한 땅을 상으로 받게 되었습니다. 그는 말을 타고 광활한 벌판을 달려 해가 지기 전에 돌아오는 만큼의 땅을 주기로 약속했습니다. 그래서 농부는 신이 나, 이른 새벽부터 말을 달렸습니다. 하지만 해가 지도록 농부는 돌아오지 못했습니다. 탐욕에 눈이 어두워진 농부는 돌아갈 시간을 계산하지도 못하고 무작정 멀리 달린 것입니다. 어느 덧 해가 기울고 깜깜해진 밤이 되어서야 돌아온 농부는 거친 숨을 몰아쉬다 결국 지쳐 숨이 끊어지고 말았습니다.

인간의 욕심이 얼마나 헛된 것인가를 잘 보여 주는 우화입니다. 사람이 불행해지고 파멸의 지경까지 이르는 것은 지나친 욕심 때문입니다.

진정한 행복은 물질보다 정신의 만족에서 찾아야 현명한 것입니다. 족하면서도 부족하다 느끼면 부족한 것이고, 부족하면서도 족하다고 느끼면 족한 것입니다. 우리는 자기의 분수를 알고 이를 지키고, 분수에 맞게 행동하며 생활할 줄 알아야 합니다. 지나친 행동은 불행을 낳습니다. 자족할 줄 알아야 비로소 행복의 문이 열리는 것입니다.

■ 옛 선현들은 안분지족(安分知足)의 철학을 강조했습니다. 안분(安分)은 제 분수를 지키는 것이며, 지족(知足)은 만족을 아는 것입니다.

진정으로 행복하게 살기를 원한다면 욕심을 버려야 합니다. 욕심을 버리지 못하는 것은 집착 때문입니다. 인간은 빈손으로 왔다가 빈손으로 떠납니다. 모든 것을 두고 떠나는 인생에 있어 지나친 집착은 탐욕이 주는 또 하나의 재앙입니다.

성실한 사람의 엘리베이터

펜니라는 미국청년이 있었습니다. 그가 명문 하버드 대학을 졸업할 무렵, 대학의 직업보도국을 통해 굴지의 백화점에서 두 명의 학생을 추천해 달라는 의뢰가 들어왔습니다. 펜니가 추천을 받아 백화점에 갔더니 사장이 그들에게 준 일자리는 겨우 엘리베이터 앞에서 사람들을 안내하는 일이었습니다.

그래서 같이 갔던 학생은 즉시 그 일자리를 거부하고 돌아갔습니다. 그러나 펜니는 그 일을 쾌히 승낙하고 열심히 일을 시작했습니다. 이렇게 묵묵히 일하기를 6개월, 사장이 펜니를 사장실로 불렀습니다.

"그래, 수고했네. 6개월간 일해 보니 어떤가?"

"예, 사장님. 일하기는 어렵지 않았습니다. 그런데 일하며 느낀 일입니다만 3층의 완구점과 숙녀 용품점은 1층으로 옮겨야 한다고 생각해봤습니다."

"음, 그래? 그 이유는 무엇인가?"

"백화점에 출입하는 대다수의 사람이 여성과 아이들입니다. 그리고 그들이 찾는 주된 매장이 3층에 있으니 자연히 엘리베이터 가동이 늘 수밖에 없습니다. 이렇게 되면 전력이 많이 소요되니 1층으로 옮긴다면 백화점의 혼잡함도 피할 수 있고 전력소모도 줄게 될 것입니다."

사장은 감탄했습니다. 열심히 일한 펜니에게 기껏 경리사원 쯤으로 발령을 내리려는 속셈을 가졌던 사장은 그의 성실한 직무태도와 탁월한 경영감각을 보고 생각이 달라졌습니다. 그래서 사장은 펜니를 즉각 지배인으로 발탁했습니다. 이례적이고 엄청난 파격이었습니다. 펜니는 결국 백화점 업계의 총아로 성공하여 미국 내 100대 재벌에 꼽히는 거부로 성장하였습니다.

우리는 살아가면서 숱한 시험에 부딪힙니다. 인생이란 이런 시험에 어떻게 대처하느냐에 따라 승부가 결정되는 것입니다. 또 성실하게 사는 사람에겐 언제나 도움을 주는 사람이 나서게 되어 있습니다. 성실한 태도는 사람의 마음을 움직이는 놀라운 힘이 있습니다. 그래서 성실하면 안 되는 일이 없다고 하는 것입니다.

■ 동양철학의 기본서인 중용에는 불성무물(不誠無物)이란 말이 있습니다. 성실함이 없으면 아무 일도 이룰 수 없다는 말입니다. '성실의 정도가 존재의 정도를 결정한다' 는 말은 참으로 지당한 말입니다.

우리가 일생 동안 가슴 속에 소중히 간직하고 항상 실천하기를 힘써야 할 덕목이 바로 성실입니다. 성실이란 무슨 일이든 거짓없이 정성을 다해 자기 소임을 완수하는 것을 말합니다. 나의 양심과 능력, 정성과 지혜를 다해 성심성의껏 일하는 것을 말합니다.

현대 유럽의 철학자 중 프랑스의 가톨릭 실존주의자인 가브리엘 마르셀은 이렇게 말했습니다. '성실의 정도가 존재의 정도를 결정한다'

얼마나 성실한가에 따라 그 사람의 존재가치가 결정됩니다. 성실성이 많으면 참된 존재입니다. 반대로 성실하지 못하면 그 사람은 거짓된 사람입니다. 성실의 정도가 존재의 정도를 좌우합니다.

청백리의 참모습

우의정과 좌의정을 지낸 맹사성은 청렴하기로 이름이 높아 청백리에 녹사된 사람으로 교훈이 될 만한 일화가 많이 전해 오고 있는 위인이기도 합니다.

한번은 어느 병조판서가 국사의 자문을 구하기 위하여 맹사성의 집을 찾아 나섰으나 도저히 정승의 집이라고 여겨지는 집이 없었습니다. 고래등 같은 정승의 집을 찾았으니 못 찾은 것은 당연한 일이었습니다. 겨우 수소문하여 그의 집을 찾아갔을 때, 마침 쏟아진 비 때문에 낭패를 보게 되었습니다.

집이 워낙 허름하고 초라하다 보니 국사를 의논하던 한 나라의 정승과 판서가 여기저기 새는 비로 꼼짝없이 젖고만 것입니다.

이렇듯 검소한 생활을 하던 맹사성이 어느 날 온양의 생가로 나들이를 하게 되었습니다. 정승이 온다는 기별이 전해지자 양성과 진위의 현감이 길가에 나와 정자에서 기다리고 있었습니다. 그런데 기다리던 정승의 행차는 보이지 않고 남루한 늙은이가 소를 타고 유유자적 큰 길을 지나갔습니다. 그래서 이를 본 관속이 뛰쳐나가 노인에게 호통을 치며 눈을 부라렸습니다.

"네 이놈, 지금이 어느 때라고 함부로 길을 지나느냐? 지금 한양에서 정승 나리가 오신다고 하니 썩 물러 나거라. 치도곤을 맞기 전에!"

그런데 이를 어찌 하랴. 호통을 쳐서 길을 비켜나게 했는데 나중에 알고 보니 그 노인이 맹사성 정승이었으니 정자에 앉아 있던 현감들이 사색으로 변할 수밖에 없었습니다.

일국의 정승이 허름한 옷차림에 소를 타고 올 줄이야 누가 알았겠습니까? 그는 벼슬을 이용해 한번도 축재한 적이 없으니 집은 낡고 고향에 다녀오는 길 또한 요란한 행차일 리가 없었습니다.

이렇듯 공과 사를 뚜렷이 구분하여 백성에게 폐를 끼치지 않으려는 맹사성의 소탈하고 강직한 성품에서 우리는 청백리의 참모습을 찾아볼 수 있습니다.

이런 전통을 가진 우리 전통의 청백리상은 이렇듯 청렴

결백하고 사리사욕을 멀리 하였으며 소신 있게 자신의 직분을 다했습니다. 오늘날에도 이런 청백리가 없진 않으나 가끔 터져 나오는 부패한 관리의 소식에 우리의 실망은 커지기만 합니다.

흔히 말하기를 공무원을 국민의 공복(公僕)이라고 합니다. 공복은 곧 국민의 심부름꾼을 말합니다. 국민이 주인이고 공무원이 심부름꾼이라면 공무원은 마땅히 겸허한 마음으로 국민에게 봉사할 줄 알아야 하는 것입니다.

■ 정치하는 사람은 예로부터 청렴을 으뜸으로 꼽았습니다. 이는 백성 앞에 청렴하고 깨끗한 몸가짐으로 모범을 보여야 하기 때문입니다. 정치가나 행정관리가 망신을 사는 것은 자신의 탐욕에서 비롯되는 것입니다. 물욕에 젖게 되면 부패하고 저절로 몸가짐이 허물어져 모두를 위하는 공직자로서의 역할이 무색해지기 때문입니다. 〈목민심서〉를 쓴 정약용 선생은 '청렴이란 목자의 본분이며, 온갖 선행의 원천이자 모든 덕행의 근본이다' 라고 말했습니다.